青春，每一片炽热的火焰

樱花诗赛获奖作品集

组织方　武汉大学樱花诗赛组委会
　　　　《诗刊》社
主　编　屈文谦
执行主编　李少君　陈作涛

中国书籍出版社
China Book Press

图书在版编目（CIP）数据

青春，每一片炽热的火焰：樱花诗赛获奖作品集 / 屈文谦主编. — 北京：中国书籍出版社，2020.12
ISBN 978-7-5068-8239-2

Ⅰ.①青… Ⅱ.①屈… Ⅲ.①诗集—中国—当代 Ⅳ.①I227

中国版本图书馆CIP数据核字（2020）第254359号

青春，每一片炽热的火焰——樱花诗赛获奖作品集
屈文谦　主编

图书策划	武　斌　崔付建
责任编辑	尹　浩
特约编辑	姜　巫
责任印制	孙马飞　马　芝
封面设计	鸿儒文轩
出版发行	中国书籍出版社
地　　址	北京市丰台区三路居路 97 号（邮编：100073）
电　　话	（010）52257143（总编室）　（010）52257140（发行部）
电子邮箱	eo@chinabp.com.cn
经　　销	全国新华书店
印　　刷	三河市华东印刷有限公司
开　　本	880毫米×1230毫米　1/32
字　　数	230千字
印　　张	7.875
版　　次	2021年1月第1版　2021年1月第 1 次印刷
书　　号	ISBN 978-7-5068-8239-2
定　　价	58.00 元

版权所有　翻印必究

序

◎ 屈文谦[1]

东湖浪涛酝文采，珞珈山水育诗魂。或许是缘于这方土地本身的诗意气质，武汉大学总是和诗歌有着浪漫的联结与无言的默契。1983年，武汉大学浪淘石文学社发起并举办了首届全国大学生樱花诗赛，至今已成功举办37届。"少年情怀总是诗"，珞珈山上的莘莘学子喜欢读诗写诗、热爱朗诵诗歌，武汉大学也数十年如一日地重视、传承和弘扬着校园诗歌文化。37年来，在各级团学组织特别是共青团湖北省委、湖北省学生联合会的指导和社会各界的支持帮助下，樱花诗赛从一个校园文化活动逐步成长壮大，现已发展成为全国大学生诗歌爱好者交流切磋的盛会和全国知名的校园文化活动品牌。

每年缤纷烂漫的樱花时节，来自全国各地的大学生相聚珞

---

[1] 武汉大学党委副书记。

珈山，以诗会友，以诗咏志，为武大的春色增添诗意的芬芳。作为珞珈山上最靓丽的校园文化活动名片之一，一年一度的樱花诗赛朗诵决赛暨颁奖典礼，既简约又隆重，总能给予参与其中的人们独特的审美体验和精神享受。从近20年前在校团委工作开始，到现在分管学校共青团工作，我一直密切关注樱花诗赛的成长与发展，如今的诗赛从赛事的筹备、作品的选拔、典礼的举办等各个方面都臻于成熟，诗赛的辐射面也从全省高校逐步拓展到全国，在高校界和诗歌界的影响力逐日俱增。一届又一届青春学子因诗赛而结缘，从中汲取精神养分，涵养出独特的精神、气质与担当。2020年，突如其来的新型冠状病毒肺炎疫情让我们无法相聚在珞珈山樱花树下，但高校青年学生的诗歌创作热情愈发高涨。在武汉大学及相关组织方的共同努力下，第37届全国大学生樱花诗歌邀请赛在线上如期举行，创作组收到了807所高校的4802份作品，朗诵组吸引了234所高校的1130组选手报名参赛，参赛规模创历史新高。这场特殊时节举办的樱花诗赛，涌现出了大量感人至深的优秀作品，在对抗击疫情这种重大社会题材的聚焦和书写中，充分彰显当代大学生的家国情怀和责任担当。

  与这场诗歌盛会同步成长发展的还有"珞珈诗派"这个高校诗人群体。一批又一批"珞珈诗派"诗人因为樱花诗赛接触并喜欢上了诗歌，并在这里初次登场，踏上诗意的征程，为中国的现代诗歌注入新鲜血液。这些诗人自成一派，代代传承，逐步成长为一个以高校为活动中心的代表性诗歌流派，践行着珞珈山的自由精神、包容思想和诗意生活。

樱花诗赛一路走来的三十多年离不开历届樱花诗赛的评委,特别是珞珈诗派诗人们给予的指导和帮助;离不开包括陈作涛[①]校友、全国大学生文学社团联盟历任负责人等社会各界人士的关注与支持;离不开团省委、省学联、校团委、学生社团指导中心和浪淘石文学社的精心组织;更离不开全国各高校和大学生朋友们的积极参与,在此一并表示衷心感谢。

习近平总书记指出:"学诗可以情飞扬、志高昂、人灵秀"。大学生读诗、学诗、写诗,能在其中感受诗意人生,领略汉语之美,修身养性、陶冶情操,在诗情画意中传承与弘扬中华优秀传统文化。此次我们将近几年的优秀作品结集出版,旨在总结近年来樱花诗赛所取得的成果,鞭策我们继续努力,将诗赛打造成珞珈山上更加闪亮的文化名片,同时激励更多热爱诗歌的学子积极参与,在诗歌创作和吟诵中不断传承和弘扬中华优秀传统文化,推动中华优秀传统文化创造性转化、创新性发展,在坚定文化自信中铸就中华文化新辉煌。

珞珈诗派的主要发起人、《诗刊》主编李少君校友把珞珈

[①] 陈作涛,福建邵武人,1992年毕业于武汉大学管理学院企业管理专业,2017年获清华大学五道口金融学院EMBA。现任中国节能协会副理事长,北京外商投资企业协会副会长,北京能源协会副会长,武汉大学校董,天壕投资集团有限公司董事长,天壕环境股份有限公司董事长,天壕新能源有限公司董事长,聚辰半导体股份有限公司董事长,北京云和方圆投资管理有限公司董事长,湖北珞珈梧桐创业投资有限公司董事长。

山称为"诗意的发源地,诗情的发身地,诗人的出生地"。在这片诗意盎然的热土上,在这个生机勃勃的新时代,由衷地祝愿越来越多的青年学子热爱读诗写诗、热爱中华传统文化,祝愿樱花诗赛越办越好!

2020 年 7 月

序

◎ 李少君[①]

    自第 30 届全国大学生樱花诗赛（2013 年）开始，我就担任评委会主席至今，七年过去了，见证了一代又一代优秀校园诗人们的卓绝努力，这本诗集就是这种努力的结果和收获，因为校园诗人们的卓越表现，我们每年得以在珞珈山上以诗歌的名义相聚，现在，又在这本诗集里相聚。

    珞珈山是一座现代诗山，人们常说珞珈山是"诗意的发源地，诗情的发生地，诗人的出生地"，是有着历史的和自然的原因的。樱花诗赛已连续举办了 37 年，可以说是当代诗歌历史最悠久的诗歌奖项之一，当代很多重要诗人都是从这里走上诗歌

[①] 李少君，1967 年生，湖南湘乡人，1989 年毕业于武汉大学新闻系，一级作家，主要著作有《自然集》《草根集》《海天集》《应该对春天有所表示》等，被誉为"自然诗人"。曾任《天涯》杂志主编，海南省文联副主席，现为中国作家协会《诗刊》社主编。

之路的，包括中国作家协会的领导、多位鲁迅文学奖得主和重要诗歌刊物主编等。

在诗歌界，一年一度的樱花诗赛颁奖礼，被普遍认为是中国校园诗人们的一个成长仪式，校园诗人只要得了樱花诗赛奖，就是从数以万计的年轻诗人中脱颖而出的佼佼者，基本就会被同龄人认可、熟悉，然后开始闪现他们的熠熠光芒，成为中国诗歌的新一代"后浪"。

樱花诗赛颁奖典礼，每年都在珞珈山举办，珞珈山本身就是一座名副其实的现代诗山，从闻一多先生开始，就诞生了一代又一代诗人，所以，所有来珞珈山参加樱花诗赛颁奖典礼的校园诗人，就自然地会再一次感受到诗歌的神圣洗礼，被授予青春的诗歌桂冠，感受到作为缪斯的宠儿的骄傲和礼遇。珞珈山，因此成为诗歌的殿堂，樱花诗赛，因此成为青年诗人的加冕典礼。

樱花诗赛的每一届获奖者，都是一个诗歌的共同体。校园诗人们在珞珈山上相聚相识之后，结下诗歌友谊，之后互相交流，砥砺学习，共同努力进步。众所周知，历史上的诗歌高潮往往都是天才辈出，大师接踵闪现，群星璀璨，相互辉映，相互照亮。历届樱花诗赛也有这种可能性，彼此互为高峰，相互激发创造力，共同创造出一个诗歌的新气象。

樱花诗赛的优胜者，无疑是一代人中的佼佼者，但对于伟大的诗歌传统而言，这一切才是刚刚开始。对于更广阔的诗歌未来而言，这还只是起步，道路还很远。我们正处于一个大时代，一个承先启后、开拓创新的时代，时代需要诗歌与诗人，诗歌的黄金时代正在到来，让我们潜心修炼，做好一切准备，迎头撞上去！

最后，感谢所有为樱花诗赛付出努力的武汉大学及湖北省团委的领导、文学指导老师、历届评委、浪淘石文学社同学，尤其是武汉大学杰出校友陈作涛师弟连续十年资助樱花诗赛，感谢他们为诗歌所做的一切！每一片绚丽的樱花，都表达着对大地、春光和天空的感谢！

目 录

序……………………………………… 屈文谦 / 001
序……………………………………… 李少君 / 005

第 30 届

四时古都行………………………… 颜雅琴 / 003
古房院……………………………… 徐　晓 / 008
第三天的傍晚……………………… 张博骁 / 011
半个故事…………………………… 田　驰 / 014
白头吟（组诗）…………………… 黄成松 / 018
组　诗……………………………… 何婧婷 / 021
樱花，樱花………………………… 六　指 / 026
夜　饮……………………………… 曹　僧 / 032

第 31 届

狂…………………………………… 海　女 / 039

第 32 届

  望江春歌 …………………………………… 张存己 / 045

  东　湖 ……………………………………… 张朝贝 / 051

  便　笺 ……………………………………… 李天意 / 054

  水军将领自述 ……………………………… 金　风 / 057

  记忆脱落 …………………………………… 龙小羊 / 061

  一夜雪 ……………………………………… 高短短 / 064

  龙泉驿的菊红脆 …………………………… 朱光明 / 067

第 33 届

  年关随记 …………………………………… 米吉相 / 071

  独角戏 ……………………………………… 童作焉 / 078

  墓园记事 …………………………………… 马骥文 / 083

  百望山 ……………………………………… 冷含莹 / 086

  晚　钟 ……………………………………… 黄建东 / 089

  往事，落在一块小小的玻璃上 …………… 蓝格子 / 091

第 34 届

  百香果 ……………………………………… 贡苡晟 / 097

  诗剧三章（组诗）………………………… 莱　明 / 107

  机器娃娃之歌 ……………………………… 张小榛 / 110

  周公渡 ……………………………………… 羽逸尘 / 115

  离乡记 ……………………………………… 戴　琳 / 118

紧张关系……………………………… 繁　弦 / 120
东　山…………………………………… 姜　巫 / 122
临安浅酌五首（组诗）………………… 高语含 / 125

第35届

闲时光（组诗）………………………… 李阿龙 / 129
沿地图旅行（组诗）…………………… 午　言 / 141
晚风在海面上拂来的山川（组诗）…… 橡　树 / 151
国庆夜发武昌站………………………… 熊伟东 / 160
一个青年的酒与浮士德………………… 伯竑桥 / 162
昔我往矣（组诗）……………………… 罗　曼 / 166
静　电…………………………………… 朱万敏 / 172
一切的存在可爱且合理………………… 路攸宁 / 175
春令两则………………………………… 代　坤 / 177

第36届

客居武汉………………………………… 康承佳 / 183
回　乡…………………………………… 吴自华 / 187
感性考古学……………………………… 刘阳鹤 / 190
夏夜记事………………………………… 樊　南 / 194
哐当，哐当……………………………… 陈昱帆 / 198
石榴花和表姐…………………………… 赵　琳 / 201
十二月相………………………………… 李啸洋 / 204

星期六的早晨……………………………… 马海花 / 210

第37届
随之而去（组诗）…………………………… 刘雪风 / 215
人间，是咸的（组诗）……………………… 加主布哈 / 224

后　记……………………………………………… 232

第30届

樱花诗赛获奖作品集

四时古都行

◎ 颜雅琴

春·洛阳

我当在数世之前见过你罢

姚黄、魏紫还摇曳在美人的鬓旁

诗人们呕断愁肠,只为赋那半句月光

白马驮着经书越过苍莽邙山

绿珠儿又坠落在金谷上

而女皇,女皇只合化身神佛,与时光两两相望

我又当去往何方?

勒马听风,听千古呜咽的长风

铜驼暮雨,留下了千条柳,错过了
风流
不如饮一碗滚烫的胡椒汤
将眼泪痛痛快快咽下
打一个喷嚏,说
好酒啊,好久

夏·汴梁

该如何形容我的汴梁
它活在纸上
是杨柳春风冲不淡的汴州
它活在梦里
是花光满路、箫鼓喧空的梦华东京
可哪里是翰林挥笔泼下的画卷
开封府无人登场
皇室早丢弃在荒烟蔓草
就踏遍那精巧似玩具的清明上河园吧
掷一只青杏
击散满池浮热
而向东看,向西看

都只是游人如织
便悻悻然踏一双汗流浃背的拖鞋
挤上闹嚷夜市，索一碗杏仁茶
呀！
你悚然回首
小贩、车马、闲汉、酒旗，那擦肩而过的
莫不是宋时汴梁
在时光中，渐渐变凉

秋·金陵

山外青山楼外楼
金陵王气黯然收
收便收罢
反正处处都已陷落
一片秋心，却仍说莫愁啊莫愁
秦淮叶落，哪堪提柳眉如是
乌衣巷口燕子起落
可曾记得旧巢
曾宿过王家梁上
抑或谢氏厅堂

直等到游人散尽

更深露重

才瞥见那一弯冷月,毕竟还似当时

冬·长安

雪拥蓝关

阻住了谁的马蹄

秦人的战袍还未褪色

浓艳娇娜的小娘子拈起翠黄花钿

五陵年少倚马斜桥,把阑干拍遍

游侠儿醉眼仗剑,嚷嚷着要烈酒浇灌豪肠

就当我是那穿溯了长长长长路前来的胡人吧

路过波斯、葱岭、楼兰、阳关、春风也度不过的玉门关

倒拎着靴子

看沙砾如时光般倾泻而出

盛世长安就在此刻撞入双眸

便哭倒在漫天飞尘里

而那波斯、葱岭、楼兰、阳关、春风也度不过的玉门关

也总有个尽头

我的长安终是矗立在几句旧诗之上

再怎么踮起脚来

终究是

举目见日　不见长安

古房院

◎ 徐　晓

古房院

现在，从青墙灰瓦的古房院开始吧
屋前种菊院后栽树
门前小河的倒影里
白云、卵石各一半
羊肠小道牛羊的脚步声
在明亮的光芒里静悄悄

我的祖母　坐在胡同第三家门槛上
晒着太阳　像一座古钟

她在听蝉鸣

她在看鸟飞

她在用手帕揩脸上的灰尘

她坐北朝南　与房院一样安静

一坐就是一辈子

希　望

日日夜夜的劳作　土地的脊椎变得松动

雨水不懂得烈日需要沉默

一如父亲不懂得如何将心中的凝重消散

花生、大豆、红薯正经历着一场风暴

连坡地上的南瓜也胎死腹中

挨饿的菜园亟待被拯救

冷月刷亮村庄睫毛上的寒露

风沙涤荡漫山遍野的时候

一滴水成为整个村庄的希望

局外人

石头的一生都在与石头打交道
石头姓石　石头住在石头村
石头出生在由石头垒成的小屋里
石头长在由石头堆成的荒山上

石头来到城里搬运一袋袋的石头
沉重的石头压在石头的肩上压弯了石头的腰

瞧，这些可恨的石头　不断地攫取着石头年轻的生命
石头躺在由石头加工而成的水泥路上
一根肋骨孤独地与他并排而卧

石头村的石头拿一把热忱的钥匙　却打不开石头城的心事
石头村里石头年迈的老母亲站在村口的大槐树下
等着一个并不完整的石头　回家

第三天的傍晚

◎ 张博骁

第三天的傍晚

第三天的傍晚

草终于开始变得茂盛

牛羊也驮着暮色下山

我们却依旧没有走出顶上的白云

就像河流不能走出大地

我想　逆风向北

明天的路或许更加颠簸

车子在马群中孤单地行进

而它们背上的晚日将静谧如眼眸

对于诗人

对于诗人,语言是缓慢的灵魂
而他的一生锋利、迅速
如同春天切开的花瓣

所以　对于某一个降雪的黄昏
诗人总是过分地依恋
或者说　阳光阴郁地集结　飘落
而他仿佛已在漫长柔软的一生中
显得衰老

然而对于诗人　黄昏的降雪
只能使他到达得更快
多年以后　这个将被反复隐匿的时刻
他的神色木然　怀抱不安的逻辑
遁入人世　并可能早已虚构了自我

昏　睡

我常常在昏睡中度过一天
那些疾驰而过的梦中我总是很累
直到暮色深沉　影子从烛光中摇落
哦　我也就将醒来　目光飘零
这样的时刻　时间也会缓慢地滴落
平静而准确
仿佛固执的老人显露偶尔的温情
而我也就用足够的耐心等待
直到飞鸟在湖中洗褪光芒
直到眼角的羽毛湿润

半个故事

◎ 田　驰

半个故事

有时候我整夜去想很多节奏紧促的悲伤故事，只是为了练习不去在记起另一个生灵时落下泪来。时间已经很晚了，但它依然像一台闹钟，它不断诉说的口气又像极某位母亲："你灌满铅水的左腿仍然不太协调。"

我又能有什么办法，我满是刀痕的右腿，我碎在脸颊上的皱纹，我佝偻在胸前的双手像两条纠缠的树根。它们都被不明液体浸泡得太久，以至听见冬日晨跑的发动口令，就太过兴奋地忘记了声音的来源。

我不想做一个被器官蒙蔽双耳的叛徒，那种罪行所受的指责
远非我懦弱而蜷缩的姿态可以承受。既然这样，不如看看
远处初醒的灯，它们和我凝视你的眼睛同样明亮，却单调地
说着多数人共同的想法："这世上我真正关心的，不超过四人。"

夜归人

被树影捆住，夜归人，像一颗年久的核桃。
他生涩，他沉默，他快步走过无声的街道。
公交站台，座椅催眠候车青年，旁若无人。

月光加长的拇指宛如匕首，破开一切秋风
以及风里丛生的呓语。暗色的楼宇是狐魅，
是倾城鬼姝，他于是不得不为邂逅买一次
天大的冤枉。然而，"我仅仅是念想"。

为彼此干一杯开水。扔掉鞋，他从此心可

罗雀，燃烧的眼角掀开决绝的褶皱：除了
你，他什么也等不到；他什么，也不想等。

渴水记

1

一队鱼游进梦里去。接着，她就呛出声来。
鱼群吐着泡，躲避着暗藏的猫。"你们
很安全。"她在梦里醒来，喊出这句话，
像对着幼子又像是老父。猫爬上她的裙角，
被抱下来，摔在地上，滚成一只纸糊的虎。

鱼群游过市区和街道，游过冗长而静默的
人群。人群都垂着头，如同所有的祖先和
后辈那样，默默地听着：心跳、呼吸、
眼神，没有什么，不能成为它们的耳朵。

终于有人要开始发音。首先是字母，最后
是法律，就这么一个一个地念过去。雨
落下来，没有养分的雨。鱼群逐渐凋零。

哪怕它们的身子碎成粉末,人群依旧缄默。

她却再也看不下去,眼里满是泪水。
她轻轻地捻起落地的纸虎,放出那只猫。
猫扑腾着,一口吞下最后一条挣扎的鱼,
让死寂的人群,突然爆发出响亮的喝彩。

它顿时飞起来,挺着小腹,像一只鹏鸟。
或许有一天,神箭手射开它浑圆的肚子,
会发现胚胎似的骸骨躺在胃里,生涩
的胃酸充斥着微笑的嘴脸,像满溢的羊水。

2

哦,缺雪的岛,你的夜晚这么安静,甚至
容不下一根钓竿。此刻,岸上的生灵不计
其数。入水,而水中早已有了鱼;出水,
鱼也不会承认你已经来过。你,始终渴着。

白头吟（组诗）

◎ 黄成松

白头吟

向阳南路水东大街
曾留下过你青春的体温
我们在冬天苍茫的夕阳下，看一壶平静的水
在隐秘的火焰上，把骨头、鲜血
肌肤，以及毛发
消解成摄氏九十三点六度的蒸气

门前是熙熙攘攘的街
走着匆匆忙忙的过客

水汽上升,漫过你鲜艳的红唇
秋风一样闪烁的眼睛
它们野马般驻足于你三千发丝
缠绕如花红颜,恍若隔世
仿佛我们,从绝望的清朝
走到乱离的民国,霎时间白了头

远方是黛青的蛮牛般的山
耳畔是晚归的牧童的叶笛

春信曲
——致一个感伤者

你从三月来
高山是你的居所,流水该是你的裙裾
让我们,借鹰隼凭虚御风的聪耳明眸
在薄暮的芳草古道,静候春天的马蹄声

倘若贪玩的春风偶尔在海上迷路
别恼,春国的骑士已经蓄势待发

挥手间即可攻城略池
给你，一个千娇百媚的世界

期盼春信的日子，你该平静地仰望星空，放牧云彩
与羊群，修补日历或者编排剧本，别把飞翔的技艺荒废
大河涌动的岸，太阳在海色欲曙的地平线
正有力地举起收获的红旗

不要质疑，沙子为何吹进你远眺的眼睛
月亮并没有蒙尘，天庭的盛宴已经开启
风雨兼程是你的本
花好月圆是你的分

组 诗

◎ 何婧婷

一 天

那一天,人群突然分开
紫金色的果实落在肩上
那一天,沉默的圆点
突然在肩上失去颜色
我忘记圆的东西,该拥有圆的影子
我感到日光照耀
那些人的影子,浮在地面上
我感到鱼群漫过

A小调小夜曲（之一）

那些风　跃过我的骨头
跳起来　成为绵羊

那些雨　活在众人的泪水中
伸出手　拥抱你

我应该这样走：头戴的是花冠　簇拥的是绵羊
我是湖水　镜子里坐着的牧羊女

你应该这样来：野花一样轻　湖水一样轻
野花弹拨湖水一样的　迎接我和爱情

A小调小夜曲（之二）

我的爱人用眼睛说话
深井里的星星是他清凉的眼睛

我有西瓜的甜,他包容我
我有李子的苦,他包容我

他望向我就是望向星空
他找到我世界因此对称
当我的世界不小心颠倒
他就是光芒指引大地

水杉树

这就是我们一望无际的人生了,爱人
像那些水杉树,孤独的水杉树,沉思的水杉树
捉迷藏的水杉树,被风推向更远的地方
我知道我有无限迷恋像大海拍打在山石上
山石追溯日光的辽远
水杉树一棵一棵地生长
有些年轮,在我们看不见的时候旋转

E 小调小夜曲

我不该感觉到那么多风向我吹来
山谷里,让我感到远离尘世
高高的山峰,让我与死亡暂时隔绝
让我和一朵花一样无知地站着

我幼年时曾看到天空,它是蓝的
我少年时曾看到火焰,它是红的
我的风穿过我的身体,它没有颜色
它和我一样沉默地凝视

想

我已想起,那些遗忘的事
丛林在迷雾中并不觉慌张
我曾经迷茫的,最后也未做出选择
想不起什么时候就突然消失

我想起空中跳伞，树林里的圆蘑菇
丢了的那把伞和慌张的雨鞋
我在深夜痛哭，错失的机遇和遗漏的箴言
我以为一生到这儿就停住了
我所担心的一切并未发生

分水岭

花朵借助哭泣，感受到自己的存在
我在奔跑中捕捉自己的影子
两朵云彩相遇，其中的一朵是否会变得更白
白桦树睁着大眼睛
它在山顶吃烧烤，烟雾缭绕
下一秒就可能消失

樱花，樱花

◎ 六　指

> 蝴蝶是毛毛虫完成对花朵爱慕的加冕。
>
> ——题记

1

清晨的风很轻，你散开的体香很轻

阳光很轻，滴落的露珠很轻

成群的蜜蜂，打开的翅膀很轻

梦醒后，你舒展的笑容很轻

啊，这一天，四月的脚步很轻

像一位久未谋面的老朋友

从背后，轻轻地捂上了你的眼睛

2

绿色绕城时,你着淡淡的妆
春天,这枚铜镜装不下你的美
你立在枝头,笑靥轻展。笑弯的花枝
纠缠着花枝,仿佛今生牵扯着前世
四月的风,携你入画。而我的马蹄
深陷三月,无法抵达

3

扶着春风,你站在春天的高处
清香洇开,像鱼鳞轻轻划过水面
依着你的身姿,姑娘们比画出春的形状
而我研夜的浓墨,铺展泛黄的宣纸
偷偷将你移植在一首诗的暮晚江南
等你长灯,十万盏晶莹的花瓣微寒
我侧耳,听到的动静,是十万只蝴蝶
正摸黑赶路,它们踩着《诗经》的韵脚
赶赴,这一场夜的盛宴或者狂欢

4

那花枝为你保持美的高度
你怀抱月亮。微凉的心事

胀满了十六岁少女的哀伤
而我并不知,如何唤你的名字
这加深了我的孤独——
有多少次喊你,就有多少次喊不出

5

我沉默。沉默如你身后的雨水
绕过夜色。而你不知,我如何
撑着油纸伞,在擦肩而过的瞬间
也会将思绪,淋得斑斑驳驳

6

天黑的时候,想给你写封信
一封长长的信。从无以慰藉的青春
写到放纵的泪水和隐忍的转身
而写到的爱情,带着深过足迹的伤痕

我为你敞开的夜色,是巨大的信封
包裹着我的忧伤和你不可痊愈的病
月光多么苍白啊,不同的枝条上
我们有同样孤独而深陷的身影

7

借着雨水给你写。写下柔软的字句
写到我的虚弱无力,打翻空空的酒杯
红颜薄如春光,尘世如梦
最后写到被吹落、风干的花羽
我捧着双手,打开泥土一样湿润的
内心,却无法安放你,一粒锥心的疼

8

怎么能在暮色四合的时候饮酒
怎么能这样忧伤,怎么能让泪水
滴在你的花瓣上,怎么能怎么能
说不着边际的话,让你如此惊慌
怎么能断定天涯就是离自己最近
的地方。怎么能梦醒了天还未亮
怎么能让你孤独的经过我的夜晚
怎么能让我的夜晚漆黑的看不到
半点光亮,像盲人丢失了拐杖

9

请原谅一条毛毛虫。原谅它
用沉重的孤独裹紧自己

原谅它想蜕变成一只蝴蝶
请原谅一只蝴蝶飞过你的视线
原谅一只蝴蝶遇见你时的尖叫
原谅它在你的花枝下扇动扇动翅膀
原谅它带动小小的风,扰乱了
你的发丝。哦,原谅它
原谅一条毛毛虫卸下坚硬的盔甲

10

我只在夜色中看你。在无人的时候
也喊不出:妹妹。我陪你看星星
却无法为你挡住雨水。我只是一个人
在受潮的灯光下,静静地站立
雨伞倾斜着。妹妹,越来越多的水
堆积在你的今生,打翻花瓣。我好想哭
妹妹,我多像一个稻草人,在茫茫
大雪中,想抖一抖身上的雪,挪一挪脚步
缓解一下,身在人世的孤独

11

一棵花开的树,以花枝保持美的高度
如果我抬头,凝望也是一种唐突
如果我伸手,相邀也是一种亵渎

我渺小如尘世一粒尘埃,你脱俗
身披花羽的袈裟
之后,你翻飞,遁入泥土的空门
我枯坐,为你耗尽我执迷的夜色

12

在春天,一场花事使我身染重病
我头重脚轻,轻到没有足迹
像你用橡皮,从诗行中擦去
令你花容失色的一个病句

夜 饮

◎ 曹 僧

夜 饮
——致N

> 闻道故林相识多
> ——李颀《送陈章甫》

鱼鳞翻动。先是光,像有人用指尖轻轻
点了一下——可能只是摘去了扣住青衣的
一块岩石。山就如饱满的气球微松开嘴

在屋子里飞。再慢下来,月亮便成为天窗外
沾着油的钥匙孔。你眼睛下的颧骨被一遍遍抚平
直到猫也弓起身,像要收起一张更大的网

2012 年 10 月 14 日

捕蛇者的小儿子和外乡的养蜂人
——蜜蜂侦察员手记

星期三

他擦拭嘴角的火石。吸入
一股冷气后,差点没来得及
把布满溪石的流水吐出。
竹林晃了一下,
桌面也是凹陷的。
午睡随时可能把人睡没。

星期日

蜡质的天空,所有窗户
都是六边形的。电视台里
似乎又准时到了电影时光。

他习惯性地动动耳郭,
调整太阳。

星期五

引线如同信子嘶嘶地游走,
旧报纸被光撕得粉碎。
深海的怪鱼、草原的狮子、罗布泊的古墓
全被抛向半空。他远远地攥着一根枯枝,
邪恶的表情如一只正要溜走的野兔。

星期一

隔板被取出,时间离心时间。
他一手摆出一个玻璃罐。
坐上很久,
齿轮就沾上云的味道。

星期四

外面?或是里面,更危险?
桃花已开到生虫的骨子里。
他独自埋在一只盆里吃一顿午饭
蛇像根树鞭蓄势抽来,
慌乱中他就把盆扣了下去。

星期二

脚尖代替竹叶。
白纱顺着草笠帽檐垂到胸口。
山会是被绑架者,
人会是自己面孔上的远行客。

星期六

田野迅速地奔驰。
李子长在山坡上,山坡
长在鼻梁上。
两间旧瓦房突然掐住了马路,接着
又松开了。过了春天,
他仍在不断地干咳。

星期日

木凳侧翻,挥手提起一篮空。
一个打滑的小盹儿。
他起身,去摘回柯树上的野巢。
而树下有人正低着头
拾五瓣的白花:
"听说老爸属蛇。
这些日子似乎晴朗得从未下过雨。"

作为结束的星期二

下午两点,
电视准时地停台了。
蜜汁填进黑洞。
行星坠落前,我们都是
条状的长短碎片。

2013年3月25日

第31届
樱花诗赛获奖作品集

狂

◎ 海 女

狂

今夜雨点大过雷鸣。我半裸着身子从桃花源跑回来
并不想家。挨次躺到风声和羊水灌满的一个个桥洞里,紧
贴长江

我出生了。蜷缩在母亲温热的手掌心,盲人摸象似的
摸清了爱情的来龙去脉。不能自已,不愿自已

被流放到同一条瞬息万变的路上并没有什么可耻
对我说出这句恬不知耻的话吧:再爱一次

从前沉默时我们抽烟说傻话，互相欺骗。而今沉默时我们枕着梧桐叶

互相梦见。未来沉默时，我们要看着孩子，看他们变得和我们一样

一样的有情有义。一样变了很多，可不变的青山、白塔和日月

仍闪着光。在一大堆懒于翻腾而臃肿的灰烬间，有着自己的颜色

爱情教人忘了自己原本的声音，却又在某一天记起来

从此说话变得更动听。动听得不需要态度温柔语气恰当

"爱是只能微微低下头"。倾听，同时被倾听。是在无数个相似的夜晚里

各自老去。各自乘一叶扁舟，头也不回

驶入大海和黑暗。可仍是要疯狂。疯狂。

只有这个词能形容那些夜晚的雷和风和雨和我们

2012年10月22日

针　尖

我坐在桌下最熟悉的一块木地板上
问头顶的她记不记得，上回我在这涌出泪水
是何时何月？她拨动嘴里湿濡的饭菜
头摇得像拨浪鼓："不记得了。多点喝冬瓜汤
你昨天流了鼻血。"无关痛痒的扯淡
堆满了二十年来的饭碗，这些闲话稀薄无味
找不到一粒米，却活脱脱把记忆粘下一层皮
我含泪向她描述每一年、每一场雨的差别
把钢丝勒紧，清风缠绕的曲折故事再度说起
她不要听。等她耳鸣步艰，眼底的白茫雾气
也更浓更美，再看不到雨
一旦落下，夏蝉就只顾仰头饮水
地面就浮出苔藓和她的梨涡。推开窗
初秋第一阵风仿佛汇聚了城市一整年的忧愁
像一口白花花的唾沫啐在铁匠铺里
磨得每条街道更亮，更锋利。放松下来
没了泥水肆溅，行人的脚步反倒歪歪斜斜
如同婴儿刚学会走路，没有明确目的

"就是在这儿哭的,昨天吃晚饭时。"她不会在意
而我能追溯的光阴,也就这么多了。童年
窗外白玉兰赤裸,市花的身份曾与孤月齐平
而我也不觉卑微,不觉其高山白雪
只觉美好。没有是非的美,和母亲迢迢来信叙述的
含辛茹苦的好。往后冬日太高,生活跌到云端以下
地面只有潺潺流动的人群,像一条环形小溪
按我不懂的节令涨洪水、发大旱,人群的历史
也自顾自向前滚。我紧盯着路边的老冬青为父母熬药
熬过一年又一年,等那锅水开,人世可能已不合他们的身
我也会的。掌面缀满松针,急不可待要拍向某块厚厚冰层
什么都别想,随便说些话。情之所至,各死各的罢了

2012 年 7 月 12 日

第32届

樱花诗赛获奖作品集

望江春歌

◎ 张存己

1

三月,天气下降
沿着塔楼顶上的天线缓缓下降

2

中午十二点。我坐在菜市场外
等着母亲带我回家吃饭
有肉,有菜,还有
趴在脸盆里的大鲤鱼
这个菜市场过去叫作净土寺

我在这个丰饶异常的中午
空着肚子晒太阳，集市上的人们
猫一样地走来走去，神色恬静

3

我家东面的水泥筒仓边上曾经
有过一个皂君庙
那几条街上的居民都很凶
南边的楼群里还蹲着一座没拆完的大慧寺
我想我必得狠狠记下这可怕的家伙以便
被坏人拐走后再自己找回来
大慧寺，真是大啊

4

组词：安息
我从电影里自尽的老和尚那儿提前
学到了这个。我身披床单，手拄扫把
老人家的午睡轻薄如一张悬浮的白纸

5

这一年我应该五岁了
一位叔叔给我送来蛋糕和玩具，他说
今年，你五岁

我咬了一口蛋糕，跑到门背后
摁上一个黑手印
这一年里我陪着姥爷和姥姥
每天按时收看《健康之路》和《夕阳红》
我坐在沙发上，沙发真大，《夕阳红》
真好听，小鹿姐姐真好看
"小毛驴儿
快要上磨啦！"

6

顶楼的窗户外有一丛漆黑的
杨树。三月，天朗气清
我想起星期二下午的电视机里
梦魇般飞舞的雪花
所以长久以来我很害怕往屋外乱看：
那朝南的窗口里竟保存着太阳的阴面

7

好吧，我是被几棵杨树吓哭的
我不常哭。父亲不许我哭
但更直接的原因是
有次哭到一半时我照了下镜子

8

忘了从哪天起
我开始管我的父亲叫老爸
管我的母亲叫老妈

9

课本。词组：刀弓车舟
气云雨电。有立交桥铁道
虾钟笔，苗叶秋
冬到风吹雪花飘
我家周围多寺庙
上座：菩提子，珍宝珠

10

楼下的孩子们都很野
比如一个大眼睛的女孩
叫我声"哥哥"，然后向我扔沙子
身后站着她精瘦的爷爷，叼着烟卷
一见人就歇斯底里地咳

11

沙子，兴奋的阵痛

12

还有她的姐姐：丫丫
伸舌头，爱流口水
院里的大孩子们
常冲我喊：丫丫是个大笨蛋
你也是个大笨蛋
丫丫的奶奶总来安慰我

13

多么难呐，小女孩的大眼睛
一个个热闹的家庭

14

彩色读物，意象画。画里是
星期二悠长的下午
你要好好的长大，快快的长大哟
高高兴兴上学去，平平安安
回家来
声母卡是蓝色，韵母卡是橙色
它们像燕子般轻飘飘地飞来飞去
"小耗子，上灯台。偷油吃
下不来。"一个人就

变成了一个人。三月,日头落在正南

15

七色光,七色杂染的世界

东　湖

◎ 张朝贝

东　湖

入夜后，低温深入东湖内部
环湖路上的车辆和低回觅食的蝙蝠一串串的
正向着不可知的远方隐去。
鸿雁不来，谁会站在高处晒星星晒月亮？
失去入口的栈桥，时刻暗示着我：
匮乏，如同唯一的真理

可是道旁的水杉池杉依然并排立着，静默得
似乎从不关心，从不仇恨

湖风一阵阵地吹来，皱巴巴的湖面镀上了一层
哆哆嗦嗦的月光。磨山也如失重一般
摇晃不已，下一秒就要坠入睡眠

景物忽然生动起来，我的世界观开始松弛
失之东隅，收之桑榆——
枝寒雀静的时刻，这新鲜的夜晚终于拥紧了我

桥上随想

迟来的丰水期。桥身没入水中，桥堤
由于折射而断裂成为两段

我们在历史的内部批阅游客和留言
并阅读柯林伍德

采砂船曳着灯火画出
一条曲线。每条船都是一座岛

岛与岛之间没有桥
我只能在概念的层面模糊地跳跃并抵达你

黄昏时,所有的礼物开始显现
海鸥追逐,不知带来什么

便　笺

◎ 李天意

便　笺

现在，父亲惯用一只绿色的高茶杯。
棕色的内胆，浑浊的沸水和叶子。我本可以
早点注意这些细节；记住杯壁的热量
在母亲伤心的时候，使用自己的优点取悦他们
我走在耀眼的夜里之时，总渴望看见窗内的人
我无法厘清这与父亲的关系。小时候，
父亲在阳台喝茶。我在卧室看见他
伏在窗台，像一只儒雅的猛兽。
那时我高及他的腰间，常常问起马二平四

二十岁，一位叔叔谈及父亲用塑料瓶盖制作棋子的奋斗
史。我意识到
　　也许母亲永远正确。她用各种颜色的布匹操持家务，
　　把我青春期的珍藏颠来倒去
　　却从未染指沉疴的茶杯
　　我以为二十岁的恋爱生动得像一幅
　　双人床头的大海。
　　我常常梦见母亲精巧的书橱和
　　父亲甘苦的楚河。父亲沉默不语的楚河
　　现在我多想坐下来，烧沸船舱的积雨
2014 年 4 月 22 日

送　往

我躺在床上
发现一些力量从身上
慢慢流去。从我的手臂、腰腹
从胸口；它变成液体，漂浮在格子床单上
填满了每个格子。我按照习俗，正确地呼吸
像一只安静的风车。液体
把我包裹住，从我的

脚掌入侵。我派遣这些不再依附的力量，
去镇压房间里的庸俗了
我不喜欢折叠、拍打、揉搓、码放；作为音色
它们不够单调，形成了
"喧嚣的众"。当它们平息，无数的液体把黑夜升起来
黑夜被粗的呼吸迷住了
墙的对面传来沉闷的响动
听起来像是，一部分空气
被另一部分俘虏了；它们互相杀戮
尸体贴满冬天的窗子

2015 年 3 月 2 日

水军将领自述

◎ 金　风

1

星期天，我恰巧站在河边，模仿一条鱼，
未遂；因为没有人相信我
不是他们的同类——上个月我弄丢了鳞片铠甲，
我依稀记得只是洗完晾干
（已报案，但仍无音讯）
昨天腮也悄然消失。
看呦，多么应该被赞美的进化

2

阴天,我真是走运。汁液饱满的空气
经过柳树新芽的过滤;幸福总是如此突然,近身肉搏
一拳袭来的眩晕感。眼皮沉重,我觉得似乎
是我的铠甲,它又回来了

3

我紧闭双眼。当然,我还活着
我的朋友给我介绍过一种名叫蜉蝣的动物,
现在我想起了它们,就像想起一块糖
那样自然
它们紧紧地抓住水面,小心翼翼,正像这潮湿的空气
裹住我。我曾以为它们就是鹿,并且一度鄙夷过那些选择
直接去逐鹿的人
我有些后悔;对此我道歉

4

一只苹果娇艳得像一场情欲
情欲来自所有黑暗的地方
鳄鱼的瞳孔,锋利而美
这是唯一划破我铠甲的武器

5

大约是下午六点，人们开始变得焦躁不安；厮杀声
侵蚀太阳。很快，风就要淹没我的脖子，死亡比想象中
可怕一万倍。我不得不用生锈的剑划开双眼，透过视觉
呼吸。

6

时间轰隆隆的。碾碎战船的水。

7

案件已查明：鳞片铠甲被隔壁大厨老张当作上等食材取用
推出创新菜：鱼鳞炒鸡丁。他借此顺利完成上级布置的任务
挫败竞争对手，目前已封神。
警察对我的遭遇深表同情，用安慰的口吻玩笑道：
"军功章有你的一部分"

8

结果并不那么出人意料；春天萧索
也同样欢乐
我赶忙安上鼻子，换上腿
冲向老张的住处：
老张是我的好朋友

我也许能够打探出腮的去向

2015 年 3 月

记忆脱落

◎ 龙小羊

1. 确实,我不能再回到去年

确实,我不能再回到去年
不能回到水仙在窗台开花的炎炎夏日的时节
树影摇曳,蚂蚁伸着懒腰
去年,我几乎遇到了所有的陌生人的
一些简单的表情
那时我的生活暴晒在太阳底下,还未彻底腐烂
夏天刚到的时候,寒冷还未倒退着行走
无论如何
我也沉重不起来,泛滥的抒情

我不断在，某人和另一个某人之间周旋
举着的酒杯（或者别的）形成一座花园
清晨的雷声充斥着可能的默契，还能如何呢
（一切）躺在路中间，等待被碾碎
路边佝偻的抹着粉白的柿子树上
天牛盯着自己的触角，并没有感觉到危机

2. 来人的银杏

从没有想过，我会重新站在寒冷的中心
抬着盲目的眼睑，从一场风的内部
接受轻盈而绝望的降落
夕阳中有更多神秘的事物，屈服于
铁色的转折
楼上，窗帘的背后
十一月的手臂击倒了划船的男人
记忆正在脱落，无人记得那条密径
穿过银杏、银杏
最后在银杏里失踪
二十二年来，他沉默寡言
这棵树已经硕果累累

3. 只是

只是觉得一切都特别迷人

展露出来的部分
或者作为天气的陪衬
夜晚时高时低
尽力保护着柔弱的灯的光线
越冬的寒意无意路过它们
它们使我变成单一的入侵者
以及身后的池水
低矮的落木试图遮蔽一些关于天气的
盲目的醉意
沉默的醉意，毫无出口的醉意
一旦失去意识
去日的路径就会清晰起来
下压的苦痛才能趁机休息
而充满醉意的内心
将再一次被嘴唇连根拔起

一夜雪

◎ 高短短

一夜雪

我们在炉火旁坐着,没有说太多的话
这几年,我们有不同的经历
却又相似的。羞于向彼此提起
我们的身后,一道新砌的墙
挡住了砸向我们的风雪
也挡住了,那些想要进来的人
风雪在远处,埋葬着我们的先人
他们的肉体长眠地下,灵魂飘到高处
俯瞰他们的子孙后代在人间

远行,迁移,餐香食辣

生年不满百

死去的人,无法感知雪

活着的人,无时无刻不觉得冷

以致无数个夜晚,我们在炉火旁呆坐

许多时候

我们所面对的空气并没有发生质的窥探

而院子里,雪的厚度在不断加深

河 流

站在这里

我们就没有回头路了

前方是囚渡的目的地

波涛汹涌

来到这里的人

排着队

一波接一波

从这里

我们把时间一段段地分开

用蒙太奇拼接

无论如何切割时间
都阻止不了一场变革
最后的最后
我们都将进入这条铺满夕阳的河流
后来的人
会看见我们留下的影子
和一些零散的故事
也许你也会想起早些年
我们还没有开始读《诗经》
一切都很平静
连我们相爱
都是不知羞耻的

龙泉驿的菊红脆

◎ 朱光明

她们不仅有着我想象不到的红润
丰满，健康，以及自信的笑容
她们还有着我想象不到的卑微、廉价
城市人渴了饿了，甚至是闲了的时候
都喜欢剥去她们的外衣，优雅地享用
把她们的苦和痛，压榨成他们生活的甜点
最终只剩下既吃不下，也不愿享用的桃核
被随意抛弃，也就是她们生命中最坚韧的部分
在这座城市里，也注定扎不下生存的根。
她们是菊红脆，最好的水蜜桃
来自贫穷而美丽的乡村，因为贫穷
她们的家园容纳不下姐妹众多的她们

在龙泉驿这座汽车工业城,每当我看到
一车车桃子从远处的乡村运来,又被一兜兜买走
我这个漂泊的异乡人就会全身不寒而栗

第33届
樱花诗赛获奖作品集

年关随记

◎ 米吉相

那个最容易忘记的人

那个最容易忘记的人
是我的父亲。他的存在于我而言
好似只是一个称呼。这么多年
他从来不陪母亲上街
不逛商店,不自己做饭吃
很少拍照,全家福总缺一角
他喜欢抽烟,偶尔酗酒
不时赌钱,输的时候比赢的时候多
父亲他声音大,说话自然唬人

他识字不多,村里头的知识分子
很多时候让他三分
唯一骄傲的是他儿女不是文盲
他在城市摸爬滚打多年
做了一个包工头,在有钱人手下
当一名线人,奔忙在城市
过马路时闯过红灯,出过车祸
吃过官司。伙同村里人
和城市人干过架,背脊上还有刀伤
骑着那破旧的电瓶车
一次次穿过生活的斑马线
他生活多年的城市,大多数角落
他熟悉得如自家门前
虽然他至今还分不清城市的南北
他唯一值得信任的兄弟,是三叔
他们一起打过麻将,两人分一根烟
一起拼钱吃碗米线
为了一块钱,和那个奸诈的商贩
发生过口角之争
一切的一切都是来自别人的陈述
或是被称为话痨的三叔
或是从村里头叔辈口中得知
父亲在这个城市生活过

年关随记

1

自村里人外出后
故乡的老屋
便在风雨里苟延残喘
它的宿命像极了故乡许多老人
适合搁浅在某处，比如山坳
对老屋三年一次翻新
是多年前年关的活计
空无一人后，残垣断壁上的刻字
那年关张贴的画报
一并随流水，随记忆渐行渐远
村子里头住进了新人
那个最年轻的女子
是隔壁邻居的儿媳妇
她膝下的孩子
明显学会了叫叔叔
曾经的孩子已长成大人

在变声期的苦闷后
被时代打上了新一代人的烙印
知道老屋是他们唯一的家时
他们曾为自己的宿命
不时在人前偶有微词
在他们言谈中我听出这个时代
以及这个村庄在逐渐苍老

2

对面山峦上的树枝
一堆堆挤在崖壁
风过时,能听到枝丫上的碎语
那犹如巨龙的车路
穿上铁裳,被寒气装裹
儿时的炮火声还响于耳际
乱窜的石块曾打落过飞鸟
也一定打落过童年的记忆
在院子里晒稻谷
是母亲年关时的农活
年终收成装在屋檐,省了年画
壁画里装上父亲皱纹下的笑容
回暖的季节里明显有年味
年画上人物像

偶尔张牙舞爪，不时慈眉善目
始终猜不出神明的模样
那个醉酒的伯父
谈起祖上的事儿，喋喋不休
即使他早已吐字不清
但他还要为家族挣回颜面
父亲默而不语
在烟筒的沸腾声里寻找命运的归宿
他与同村许多叔伯一样
在命运的旅途中搁浅
一去便已四十多年

3

星空布满细碎棋子
运作星斗的
是村里头出名的术士
每一次预言
都是在酩酊大醉之后
他不时伸出的舌头
一次次被咒语压回去
吐字不清是他咒语的特点
很多次我在地上祈祷
祈求神明原谅

祈求饿死鬼回到墓穴安生

这样的忏悔,在年关

在每次祭祀之际

都会重来一次。那些年是牲畜

今年年关我变成替代品

或是替牛羊受刑

或是真的为自己祈福

赌酒的在醉酒后,赌钱的在输钱后

猜拳取乐的达垂暮之年

年满花甲,他们早已知天命

多活一天都是恩赐

他们在年关时,时常面颊绯红

常在喝醉后追忆一生

包括荒芜的青春,灰色的爱恋

以及苍茫的生命

父　亲

父亲年近半百,一身乡村土气

不做作,偶尔提高声音分贝

在娱乐场所,说几句笑话

头发微白,今年的霜显得重了些
一挪挪堆在他额头与鬓角
一双夏季的西式凉鞋他穿了多年
那划破了的棉衣,被母亲补好
今年还能继续防冷避寒
而那辆破旧的电动车,缺胳膊少腿
连专业修理工也束手无策
一句"算了吧"回绝父亲。父亲不识字
在城市寄居多年,至今还无法分清南城北城
把交警当兄弟,与农工共谋生计
路过乞讨者的身边,他掏空了包
父亲多抽烟,偶尔喝酒
醉了从不多说话。在醉酒后
他也不在孩子面前哭诉生活的苦
为了妹妹上学,他与三叔
四处托人找关系,最后负债累累
说笑时,还偶尔提起
一个匿名电话,骗走了他两年的收入
"娃儿没事,就好。"我正准备高考
一转眼,便又是三年
父亲提前借用了二十年的光阴
如今又学着老年人步履蹒跚

独角戏

◎ 童作焉

独角戏

1

地铁外面的灯光不断闪烁,像跌落深海的鱼。
我穿过大半个城市,对照着地图度过余生。
灰白的天空张成生锈的渔网,广告牌在里面下沉。
街巷的腹部被剪开,流出秋天的红。

一条暗流穿过电影院,漂浮着冰凉的词语。
看到屏幕亮起的白光,好像又回到了天亮。

我被迫成为主角,并按照剧本去往陌生城市。
这时候天色阴凉,煮白得像褪色的牛皮信封。

零星几句台词指引着我的生活,买票上车之后,
身体被长久地留在异乡。一只鸟学会飞行的时候就死了。
许多年前人类剪断肚脐,从树上跳下来。
翅膀在退化,尾巴消失,我们也死在历史里。

2

根据剧情设定,我今年二十岁。窗外
旧火车在奔跑。许多鱼在城外的河流里翻白。
葬礼密集的季节,麦子成熟又死亡。
高压电线延伸向外,大雪很快开始落下来。

一个清晨我被安排在街口,裹紧了衣服,
站在我的旧自行车旁边,假装读报纸。
包子铺的味道和市场的嘈杂缓慢地聚拢。
人来人往,拼命向我挤压,再把我推向一边。

冬天过后我患上了强迫症,多疑,偏执,故作神秘。
好像家里的门总是忘记锁,烧水也不记得断电。
每天睡前检查煤气灶、窗户、卫生间的马桶。
我迷上电视剧,并对别人的故事冷嘲热讽。

3

许多次噩梦之后我开始害怕睡着,反复紧张。
我从剧本的某一页忘记,分不清谁是我的导演。
在流满了白色的房间,一群人看着我,也偶尔窃窃私语。
我想到很多年以前我骑车去动物园,围着栏杆看猴子。

对着镜子我呆了半天,好像是想到什么事。大约是
很久忘记刮胡子了吧。但又是什么时候开始忘记的呢。
我想要查询一下我的日记,黑色的笔迹却终止在了去年。
哦,去年。去年我大概是去了一次电影院。

窗外装满了生死不明的人,贴紧地面。
我逆着光寻找座位,坐在他们中间瑟瑟发抖。
磨碎五颜六色的药片,洒进鲜艳的鱼缸。
我从未如此畅快地喝醉,并准备互道晚安。

音乐指挥家

一些天空正破裂。房屋里的云
像巨大的棉花制造厂。不错的阴天,

我穿着红色冲锋衣,没有戴眼镜,
只带了我的结婚证。还有一只鹅。
我往露天舞台走去,那里站着一些人。
他们不说话,也不动,穿着表演的黑色
燕尾服。白色的布系在头上,就一直哭。
我把手里的鹅递给他们,然后告诉他们
我忘记带钥匙,并且今天不提供午餐。

但是我们要开始演奏了。这是维也纳。
音乐像六月的梅雨一样开放。我分不清
观众和我的队员。我只记得那只鹅。
我或许觉得它有些可怜,被买断了出生和死亡。
以后估计也不会有葬礼,甚至体面的衣服。
没人理我,他们还在哭。有的人抱怨这里没有无线网。
还有几个女人凑在一起,谈论毛衣的编织技巧。

我有些生气。他们都没带乐器。
但是不要紧,我们还是一个合唱团。
那我们就还有半个小时,我先熟悉一下动作。
我把一些泥土挑起来,把一只草莓握烂在手心。
时间已经过三点了吧,不见有太阳,
也不见有光亮。有人打起了手电筒。
我练习倒立,也就是把鞋穿在手上。

后来手电筒多了,再没有听见哭的声音。
我想着舞台准备妥当,那我们可以开始合唱了。
有一些人说要回去了,没有和我说再见。
他们是开车来的,草地上还有印记。
这里下过雨。也许不是这里,是昨天。
我搞不清。我好像总是忘记看新闻。
不然或者我可以教会他们一些魔术,以后
我们还可以是一个马戏团。

墓园记事
——赠刘阳鹤

◎ 马骥文

> 我们不过是一个个光点
> ——奥克塔维奥·帕斯《四重奏》

上

在西北部的中国，日光惨淡又迷离
无数的松柏与荒草，在风中如灯火般摇曳
十一月，悼念的人纷纷从湿软的泥土里长出
微小，如灰白的蘑菇
他们手中布满银色的根须，带着新生的哀痛
云层下，河流与山谷的佛窟渐渐远去、冰冷

我们攀上那道漫长的石阶，看见他们跪立在
比草丛更茂密的石碑之间，援引一本古老的诗集生活
在移动的雪景下，发出无数微弱的呐喊

中

空旷、寂静的土地上，长满了失败者的墓堆
凭借一副生命之桨，我们渡至此地，加入进来
变为这条来自远古的链条中最渺小的一环
喜鹊如彗星从头顶掠过，带着疼痛的爱意
如若无人再次回忆，一些事物是否就此与我们永别？
（这真遗憾，如快熄灭的火种痴迷于闪烁的瞬间）
我只想走入更深处，沿着小径去发现更多的
细节：亡故的，词语的，已冰冻成结晶状的细节
在绝望的冬天
我们从寒意的裹袭中感受彼此递送的温暖
"它把我们抬升到我们之上"
并在最隐蔽之处打开了一扇门
远与近、无形与有形、可知与不可知的
统统都冲散出来，形成一道轻盈的亮光
投射在此地无数的卵石和雨滴之内

下

除此，我们只有沉默：巨大、炽热

像一股穿透银河系的力量，在墓地的中央
聚合为一种无法捉摸的情绪
它使我们形成三副扇形的镜面，相互重叠又对照
以此寻找那道最终的天堂之门
云雾弥散之际，我们终于走下雾中的山崩
去契合蠕动的人群
他们穿行于清冷的集市
用缓慢、温和的语调说着憨厚的笑话
而他们背后，一种伟大的力量在有序运转
就像新生的冬天、手掌和露珠

百望山

◎ 冷含莹

> 致命的仍是突围
> ——《卡夫卡致菲丽丝》

危机总是从月亮上来
这被圈定作为节日的一日
与过去的每一天其实别无二致
这一点，你心里最清楚

几天来你守着空空的病灶
被越积越多的账目围堵，发愣
只睁一只眼，闭上的那只
终日合计解闷的办法

"不如到山上去。"
某天早上,你向我提议
似乎地面上的方向都已用尽
新的突围只能在高处进行

我们爬记忆中的百望山
颐和园的海,向我们投递眼药水
但很快凝结了。我们就提着裙裾
在草木间收集蛰虫和白露

山体竖起茂密的汗毛
在雨雾中吸吮自己,更新自己
"十月末的潮气闻起来像不像一个人?"
你拧紧浑身的发条,然后释放,受骗般失落

在山顶,我们搜罗出身上所有的
一元硬币,买两罐北冰洋。听着
中年人老练地蹲坐在空酒瓶间
谩骂一个我们不认识的人

两个高年级学生谈论一年后的生活:
影响因子,中国现实。语势上下翻飞。
这些彻底的人。这些小得可怜的

观景台。向左走或向右走都会回到原地

唯有犹疑地眺望送我们远走:
天幕上,山的轮廓像极了温驯的骆驼
隆起的背部。没有山坳或悬崖
所以燕子的滑翔
与速降都是不可能的
群山间陆续拉起又收拢的鸟迹
不过是一件需要祈祷的喻体

"好像什么也看不见。好像什么都蒙着一层
翳。"
我点头表示赞同
"什么都看不见。"
在被迅速遗忘的四小时里,这是唯一
使我感到欣慰的事

在栗树林中我们熄灭
警报。天黑了
我们就提着灯走下山去

晚　钟

◎ 黄建东

仲冬的晨雾甜冷精致，父亲在她梦中起身
山林多年未变，唯泥石坦诚记录历次争执
早已停止耕种了，锄头银色的落寞
仍快速围剿父亲的发丝。鱼肚转黄
母亲那壶清淡的中药正慢慢煮烂。

年关尚远，她在灰烟中嗔叹时光的规则性
数过三十载，反复闪现的细节令人生厌
娘家的太阳步履蹒跚，她几次试图解释
平庸的生活令欲望塌陷，墙外纷纭的灯霓
将凡人淬炼得易碎且善变。

午时,记忆模糊混乱。母亲煮好饭菜
她记起自己方才婚嫁,在北上的都市
蛛网尚未消失,新房冷淡而庸常,
无力生辉。与丈夫对酌,人群散去后
双双抛却甜蜜,滑入厌倦的晚浪。

空气在颤抖中渐冷,走出家门时景色回旋
父母攥紧几团纸钱,扯下边角投喂给生活
因劳困而疲于辩争。她亦自溺于一成不变
跟着关心粮食和天气;耳畔的指摘日复一日
从不谈论廉价的风月,令她困惑于爱或不爱

她遇见丈夫时城市钟表齐鸣,暴雨中
红灯晕染成她轻薄的眼光,将车辙和涟漪
错看。出租房里她确定他爱她,他们爱过
无数人,正如他们今后依然需要爱无数人
他们相约在入夜前成婚,虚假而快乐。

暮晚已至,晚钟代替母亲直白的叫唤
颤音中父亲下楼,进食的唇齿宛如誓言
城市的钟声里,他和她拥有长久的空白
她爱上一个人,羞怯地回到一无所知
的少女时光,衣襟凉如月下的雾。

2016 年 3 月 18 日

往事，落在一块小小的玻璃上

◎ 蓝格子

在松花江畔

我们赶在日出之前来到江边
准备再次沿江西行。那是更宽、更陡的岸

有人谈起 1998 年那场大水。一段被写进史志的往事
现在，洪水已逝。很多人和事
或随之流去，或载入史册

我们之中没人能叫出，一名死去的
抗洪战士的名字。当然

也不会有人记得我们曾在江边谈论此事

北风把我们的影子吹得很薄。整条江都跟着翻涌
我们加速向前。江水一直跟在我们身后
但它很快就超过了我们

雨

早晨,下起雨
街上寂寥。他一个人
站在屋内看雨。心有所感
细雨就流入胸怀
时间闪烁微光,在其中跳动
雨越下越大,敲打门窗
天与地,过去与现在,连成一片
也被其切割成不同的反面
一场雨,何时会停
暂不可知
现在,一个上午已经过去
雨下得可真大啊
如广阔人世

落在一块小小的玻璃上

剥柚子

之后,我爱上了吃柚子
也开始动手剥
先用刀,在其中一端切一个开口
然后用手剥下一小块柚子皮
像揭开一段往事
再继续剥,时光之门被打开
不记得是哪一年了
我看见我母亲
也这样剥一只柚子
光滑的柚子皮被她一点一点撕掉
傍晚的空气里
一只柚子,于静止中
进入非理性思考
但时间,并未因此而停下
现在,是我来剥它
另一个黄昏,在更柔和的光线中
肯定有人和我一样

站在桌前，剥她母亲留下的柚子
一边剥，一边流泪

第34届

樱花诗赛获奖作品集

百香果

◎ 贡苡晟

百香果

1

墙。我坐进它的阴凉吃西瓜
妈妈推着晚霞回来
家里暗淡。所有安静,仿佛
都由那张看门的符安放
百香果。我抚摸它的褶皱
像一条条繁华的街道。

2

一个拴脚铐的老人,和另一个
朋友。猜拳。折叠稻草垫上
崩坏的自由。公园。戏剧导演
总能唤醒一些遥远的可食性
命数。而每一片懂事的云彩
都会在天明之前变得清澈。

3

爸爸。一定很想念我们吧。
百香果。外壳的冷血往往让人忽视
它也是个需要爱的孩子

4

每天早晨我都按时上学。也不会
出差错。电车。瞄准生命的人一向拥有好运。
妈妈把信投进邮筒,那张木讷的嘴里。
虽然他们两个一样胖,但这个动作
必须躲开我。因为瘦小的视线最有希望
揭示蓝天的谎言,比如为什么
洞的深处,阳光浸染着每一座城市。

5

城市。不用隐瞒了。邻家的孩子
也用异样的眼神打量我家外边
那口简陋的水井。我渐渐明白
因为有遗憾,所以要学会原谅。
信纸上的爱情,和一见钟情不同
差异性,就像幼儿园的猫不擅长越狱
每次它逃跑,我都能在弄堂里
逮到那张有疤痕的脸。

6

百香果。首次服用,没有人能估摸到
它的刺激。因为有尝试,所以
存在后悔。周日早晨,妈妈总是不在,
然后红着眼睛回来,外婆说,
她是去寺庙了。外公
也连连敲碗表示赞成。淡黄色。
三个月前从墙上砸落的挂钟,
现在竟然走得有模有样。

7

我总问爸爸何时回家,以及

他去广西出差。没有风景照片。这总令我
睡不安稳。甚至。杳无音信的季节
会使我怀疑电台收集情报的能力。
直到那个男人,满身汗臭地在我做梦的间隙
扣门。百香果。我磨砺着我的指甲,
一寸一尺地探入它的内核。

8

第二天。他换上新衣服、新鞋子。
议论。仿佛有人架过高音喇叭。
"那个被抓进看守所男人放出来了。"
银色药片,我被迫吞食它们以获得
勇气。我们唯一的伊甸园是家。
假如除夕是夏夜里一张漂浮的相片
我们就为清晨抹好蒜酱,等待下一年。
日复一日,人来人往,直到瓷碗里的城市
也浸满了玫瑰燃烧的颜色。

9

两个大人。在大街对面做着蛋饼生意。
我醒来。舒适。玻璃窗是一种诚实的
工艺品。百香果。我终于品尝到它的心事。
淡绿色里泛着一点橙,很酸,很甜。

照相术

她曾长久地伫立在走廊边缘,我从
半掩的木门望见她,一些碎纸屑的声音
停止摇摆,或者在一些课间,她和她的
朋友,像两个包装精美的糖果,继续
伫立着,从梦中到醒来,我抬起头
这个画面仍旧安静而且凝固。星期天,
我们考完试,踏着单调的雨,我从高处
顺阶而下,透过肥皂水味道的空气,
她仍在胶卷里被设计好的位置巧遇我,
用眼神,思忖烟的尾巴。命运被点燃了,
现在,我是一个人,站在窗前,面对一座
饱腹的城市,过去以现在的方式蔓延到
我的背后,像一个消音的回旋镖。

保定故事

1

天黑得很迅速,像个行色匆匆的旅人。

我在钟楼边多坐了会儿,寒冷的气流,
将沿街的候车客冲洗得干干净净。

也一如从前的日子:小吃店制造的潮汐
拍打到我脚下。其余的,涌入脑内,
成为一种难以平抑的搏动。

孩子摇头,影子被收走,徐徐降落的风筝
遮掩金星,与天空摩擦的声音,疏松又脆弱,

四十分钟后,我将会拥有一个新的位置。

2

在误打误撞中见到她,虽说有些狼狈,

但还够得上礼貌。

吃完,她说要打车送我去住所,
唇边蒸气旋转,冉冉上升。

我想,我是从蒸气开始认识这座城市的。
路上奔腾而过的汽车

都不约而同地甩着尾巴,茫然地,伸向未知的后方,
还没有触碰过硬物,就已趋于透明。

我下车,我迷路了,

我看到雪白的蒸气漫上屋顶,
感觉身体坚实,大地热忱,怀表的呼吸均匀,且富于弹性。

3

她比我大很多,爱过,也抗议过划伤身体的异物。

而我还在学习像鸟一样筑巢的本事,
刚刚知晓如何确定击球的位置,

发力还不会，精准的回击完全归功于巧合。

她说，她羡慕那些在路口做小吃的生意人，
被烹饪过的食品眉目清秀，

那时我正嚼着一根冰糖葫芦，从未发现
原来寒冷的事物也能被做成甜的，带着星辰的脆感。

4

我攀上梯子，那时我刚来，还没适应脾气古怪的空气。

我把箱子一股脑儿地拆开，房门紧闭，
把小太阳对准蜷曲的脑门，

失去重心的泥浆将开始在颅内翻滚。

好心的人还会提着灯笼，
告诉那些腊月旅客安置开关的技巧。
他总叫我"小伙子"，

直到离开时，我还没想好一个合适称呼他的名字。

5

关于易县,我所拥有的都是惊悚的经历。

譬如闯入陵园,空旷的朝堂,只有鸽子
在巢穴深处,瞪着瞳孔细小的红眼睛,念含糊不清的
咒语。

又如拐过一个房角,忽然出现一个
凶恶的图形,装着利齿,一个眼睛早已脱落,另一个
垂到令人畏惧的位置,以完成守陵的旨令。

我说完,气缸中活塞运动速度不减,然后擦擦汗,
任何液体此刻都比我镇静,我真高兴。

6

她递来饮料,我接好,并给予液体足够的想象空间。

坐过她的对面的陌生人重叠在一起,我是最外面那个,
就像初见时那样,蓝色塑胶大衣,黄围巾,合影一定
不差。

她往纸杯里添加情感的泡沫,搅拌,然后放牧浓郁的

茶香,

　　我毫不察觉,那竟是我在保定最丰饶的一天。

诗剧三章（组诗）

◎ 莱 明

卡瓦菲斯，一九三三

浓缩的海，升起圆形之夜。亚历山大①，
日子正在向上坍塌，到码头、浅滩、烛火及船——
波浪仿佛悬崖举起你。
一个人在海上走。一道景色自此处生成。
（渐渐绚烂又渐渐滑入局部的宁静。）
你想起如何从往日的事件中来到这里，

---

① 亚历山大，埃及海港城市及卡瓦菲斯的出生地，诗人一生中大部分时间居住在此。

"七十岁是一座教堂,填满鱼类,矿石,微型岛屿。"
光线巧妙地将你焊在一起,
取材来自海之倒影。

毕肖普,一九七九

整日睡在海面,而海是我朋友的一块腿骨。
现在,朋友离去,海穿上鞋子
抵达寄居蟹。抵达寄居蟹,寄居蟹。
渔网放弃了她,但快速地移动是必要的,
快速属于刚刚回港的船只:
(卸下落日与桅杆,并用十月的海岸线
为其编织花环。)看
    傍晚的海雾
已经从我身上降临——不会再有新鲜事了:
伊丽莎白,海水托起你一生的睡眠。

辛波斯卡,二零一二

六点钟已是另一种结局。
此时的我和你,更像是一对苦杏仁味的小行星。
花圃、屋顶、通往波兰葬礼的卷曲路径:
　　　　　　　　天空突然多出些云而不能游泳。
我们就平躺在地,像树之面孔溶解在时间之镜中。
……沉下去吧!沉下去。(落日刹住,
停靠在遥远的克拉科夫①和一天结束的地方,
那儿:
光的降临犹如神的进场。)

---

① 克拉科夫,波兰南部城市。

机器娃娃之歌

◎ 张小榛

机器娃娃之歌

凡是父亲不能讲给你的故事都是好故事，比如年轻时在街上为马匹决斗。

或者桃花盛开的日子，一个少女一个少年。

你我都从未忘记任何春天见过的脸谱。

又比如怀胎到一百二十日，你身上长出的第一颗螺丝。

无疾而终毕竟太好，拆成零件才像点样子。

那时请把我的头翻过来朝向天空。亲爱的霍夫曼，那时林中小鸟将唱出憧憬之歌。

霍夫曼抱紧我,藤缠着树,线圈绕紧铁钉。
你没看到我眼中有闪光的字符串流过吗?

欢乐。我趴在天鹅绒桌面上孤独地欢乐。
这欢乐硕大透明,白白地赐给我,如同漫长的孤儿生涯中偶然想到父亲。
无疾而终什么的就算了;我想我还是应当被恶徒拆散而死。
像在母腹中就失丧的代代先祖那样。

A 盘

我们曾经拥有 A 盘,在年轻的日子里。
在对面的楼群建起来前,我们曾经拥有万家灯火。

在北方,入冬就是入狱:捆锁我们的包括
干旱、暖气、长椅上失踪的流浪者,
父母双亲,枯瘦的植物,待打扫的坟(上面还停泊着夏末忘了飞走的唐菖蒲)。
因此遗忘成为我们仅存的自由。

冬天昏暗的下午,你的椅子里盛放了一小勺记忆,仿佛一座岛,

有未知的神明来,手持宝剑斩断所有通向那里的航路。这样你便拥有自由。

你看到熟悉的人发来邮件。你把她删掉,因为你们不再熟悉。

北屋的书架上还剩半盒软盘。它们仍小心封存的数据,再没有什么能读得出来。

这想必是某种定数:我们都终将衰老得失去语言,也失去会说话的目光。

年轻时,我们曾经将自己的一部分存进 A 盘,在烧荒的火刚刚起来时。

有一天我们将和它们并排躺进孤独之中。

连接我们的所有神经元都无法点燃,通往我们的所有桥梁都沉入海底。

唯有她眼里倒映着无灯楼群的次第点亮。

光脉冲与童话

衰老是从舍不得扔掉旧东西开始的：
同病相怜的恐惧正侵吞家里的储物空间。
比如他因为买了新打印机而涕泪横流，连自己都觉得莫名其妙。
可能是在那边，光脉冲正将硒鼓敲得咚咚作响。

他多么希望生在稍微大一点的时代，或者一幅皱巴巴的水墨画里。

下雪天他倚在窗边，将自己嫉妒成一堆骨头。
人与人的羁绊像关节，雨天会生锈，酒灌多了会痛风；
即便没什么毛病，也会随身体的朽坏慢慢烂成废铁。
他记得他的朋友——不可一世的富朋友，生的是烟蓝色的氧化膜，
那种蓝色常常能在身经百战的菜刀和炒勺上见到。

磁带们现在都只能放出水声。
二十年前他曾亲手刻录了这些孩子，正如

曾有看不见的力量打印了他的灵魂。

他以为母腹中他听不到热固化的声音，但他分明闻到臭氧顺脐带传来，

童话一个接一个写进小背心覆盖的地方。

周公渡

◎ 羽逸尘

一身藏青长袍从自己的影子里走出
像一只孱弱的蝉,在黑暗中慢慢积蓄
一点点光芒。不觉惊异——
以是口诵佛经的古僧,瘦成钟声跌坐成蝉
你的生命分成两部分——
肉体保持呼吸,呼吸冰冻成诗
就像你的旧毛巾,无所不用——
擦鞋、擦桌子、擦嘴……
挂起。第二天仍拿来洗脸
"你除了写诗,什么也不会"
哑然失笑,你生命的悲哀
趴伏于诗的悲哀背上——
少年丧母,中年丧妻,老来丧子——

为成就一个诗人,盐碱地的苦涩
也要自叹弗如。长长的生命
雕琢短短的诗。你的胃,也缩小了
仿佛要为你继承苦难的衣钵
如果要珍藏一本诗集,那必是你的
读孤独,读悲哀,读枯寂
读你戴着镣铐的舞步,寸寸是乌鸦的悲鸣
就像一封静躺的信
枯坐的岁月寂守孤独王国
内心的火焰浇铸飘散的雪花
你的冷啊,是雪花不断,雨不停
逼仄着转角是虚空的方圆凳
幸而,你的盾,你的韵脚
早已圆寂成一把火
我有幸闻到,封藏着寒冷的酒
也该把自己丢弃在荒郊野岭
异风突起,风的翅膀幻化紫蝴蝶
这是你的隐身术,你的天空拓宽的领域
昨天,我从你的正面开始读起
今天,我从你的反面开始读起
我感到杜鹃的红泪跌伏在曼陀罗花上
他们含泪相认,要以虚空之寂寂为酒
杯撞满怀,"一次相见就是一次结的缠绕啊"

于后他们又退回猎猎作响的长袍蛰伏

你泡咖啡时，把一生的糖

全加进去，数一数，有六包

带着满足，"白开水和茉莉花茶一样好喝"

你的生命没有长短的概念

"一即一切，一切即一"

你的唯一是诗，是"片片不落别处"的雪

如果没有诗，你一生的悲剧不会被人瞻仰

你越磨越尖的笔，越老越瘦越慢的字

把漫漫一生放缓成一杯热茶的温度

心越打越开。"只要你想，你就能！"

楼台近水，看到的月越过了假

假越过了空。空之外还有什么？你说：

"行到水穷处

不见穷，不见水——

却有一片幽香

冷冷在目，在耳，在衣。"

离乡记

◎ 戴 琳

某种不作为游弋在巴彦托海的黄昏,油灯
咽下了大部分男人嘴里的酒气
散落平原的几座铁皮仓库之中
以待地下电路的射杀
如元朝骑兵拒绝赴死的头颅
穿过雪枝中雀的眼,击中冷的倒影
阴沉的云全面笼罩森严的圆形城镇
只有针叶无比诚实,瑟缩不语旧的时节
仿佛柳树不曾出现在伊敏路的街角
也不曾在某个黢黑的早晨与暧昧的风摇曳
蒲公英,女人和气球
宽阔的民政厅马路摧毁了它们

将落籽的苗圃，幼儿互赠的黄色野菊花

成为北纬 43 度再也不能后退的兵卒

驻守风声洞洞的边疆。在即将落夜的间隙

北风的深，吹起马尾上的残霜。

紧张关系

◎ 繁　弦

雪落千秋，窗外关不住我的西岭
只有老去的燕山戴一身霜，踱向
东海岸的日暮。一路上
飘着数不尽的琐屑情绪
积蓄下一出板块运动
繁复地叠压进人间，而广阔天地
顿时小了

雪还下着，谁言——
移步换景，于理教，而食堂，而理教
时空在暧昧中划出一个轮回

如无休止的放风在
灰暗的天宇。"回去。"
回到老地方去,徒增的年齿,不可期的事业
闪烁的爱情,广袤无垠的家庭
一切都回来——
可谁言天地宽哟

连崦嵫都迫近了,快
向深里挖,剩下的半个地球
埋一颗风尘仆仆的太阳
刚熬穿一场冬,跌落透骨的倦意
急雪的大幕终于合上它最后一道岩浆
半空压得更低,蜷进余年的梦里去

是夜微明
幡然地,有了泛舟访戴的风致

> 2017年2月21日丁酉初雪初稿
> 2017年2月28日改
> 2017年3月1日再改

东 山

◎ 姜 巫

东 山

山顶风高,草叶上人脆
石头里的红嘴鸦
还在尘土中纷飞
这么多年过去了,身体里满是山的颜色
就差一场雪了。可路到山外,失落
岂如失落那么简单

回去你满身天色
一心的混沌,抬起头来

也是虚无的要紧
这样就不存在了吧
世界与世界,也无须倒在光年里
颤动着,遥遥醒做梦中人

天桥之六:心有灵犀

三千里之外,有人隔空打拳
你哗啦啦的碎裂,从余下的日子里
传来隆隆的回声,记得二十年前

我梦见你,微笑着,拿走我的名字
此后的占卜,只需在告别时进行
甚至还有老鼠,在虚无处起身

它们明亮的内心,悄悄释放出
悄悄的黑暗,佛祖喂给它们的
是我永远失去的,你也没有见过

却一样微笑着,将无形的幕布
扯了又扯,假如今晚可以

再拜一次月亮,你疯狂泄漏的尘埃

是否就能够,补回我们飞速流失的残影
如果即刻天明,那请给我一面镜子
我要好好辨认,失去了名字,我究竟是谁

临安浅酌五首（组诗）

◎ 高语含

其一（旧韵）

向晚难工帖上诗，云泉应许复愆期。
重山雨淡聊心契，片片夕晖染褐衣。

其二（新韵）

庭下金风总畏闲，晚来秋草拭烛烟。
一怀杨柳须谁记？自在佳人顾笑间。

其三（旧韵）

梦沾花底过秋暝，客水堆烟泛玉京。
把卷不成歌倚棹，一声欸乃一山青。

其四（旧韵）

帘波漾处风庭晚，忍掷浮生俯校雠？
每趁衢灯饮行客，留船明月舣归舟。

其五（旧韵）

久据风柯与划然，乱山昏外结空烟。
尔来天地澄如镜，照得中心一道悬。

第35届

樱花诗赛获奖作品集

闲时光（组诗）

◎ 李阿龙

青　葡

清浅巷子，雨中初涤出的
夏裳鼓成了绿叶，相逐的孩童三五
还有红砖墙上，滴悬着乳青葡藤
清朗的嗓音，穿过敞亮庭院

这是小城安静的人家
傍晚时，提着马扎，在葡影下纳凉
谈到藤梢一串掌大的果儿，圆圆的
就像你嘟着嘴：

"真热呵,这天气"

再等等吧,葡萄快熟了,天也变凉了

扫

喜欢扫地,清色竹帚握着
哗——哗——哗

这像是,厨屋里的炒菜声、母亲在搓板上洗衣
一群孩童穿过茂密的林丛

不久,庭院里的落叶拢成小谷堆
在树下,颌抵着竹帚,等着一片叶子缓落

这爱好我已弃置许久,直到再次回乡
丰收时节。轻握竹帚,拢着散落的麦粒

身后几只麻雀旋落,啾啾,在夕阳里

牛　郎

牵牛的人下了石桥
水岸斜坡上,青草勃勃的,看着心里欢喜
他把麻绳系在石桩上,缓缓坐下,解开挂在
腰间的酒壶

河水安静流着,偶尔泛起乳白的日光
黄牛的嘴角淌出青汁,好看的眸子映在水面
他静静地看着水面,恍惚忘记了
尘世上一切可怕的念头
手心里的草,很暖和

织　女

清香的味道。石廊上,花瓣落叶,微微颤动
蒲扇陈旧,吹起绣着小饰物的素衫
明明的光斑,从头顶盘绕的花藤,落在鬓发

晃动的轻盈的手臂上,依旧年轻模样,会满心
欢喜地说着,"石榴花真红呀。"
"那家院里结的石榴,比那红盖头还红呢……"

山　融

细雨吹起帘子,脖颈的灰发
渐渐湿了,她转过身
攥住我的手,爬山

她央求我再高一点,去看看
那坐落山腰的屋舍
野菊花沿着山路,竹篱上丝瓜如豆
"这里跟家乡一样,放心吧……"

她转向远处,微笑着松开手
耳际的鬓发飘起
如远山,缕缕雨雾生出

山 槐

槐花
落满了街道

他搂起母亲的肩膀,答应她
再走久一点

那些藏在叶下的花荚,不时落下
清甜的味道,他低下头就闻到了

"那时候,我跟你父亲
是媒人介绍的,一过就一辈子……"

闲时光

闲下来的时候
我会在抬头就能望到很远的地方

停下

辽阔的天空,辽阔的风
我还想看清天际的那几片云朵
如何生出,羽毛般优美的呵

我还会
看见风里,云里的往事
犹如微雨里栖落柳冠的白鹭

看过这些,闲下的时光
只剩一些用来阖眼

香　山

"去香山吧,刚刚入秋,天气很舒适呢
人也不是太多……",她停顿手里的锅铲,像是
想起了什么似的,怔怔看着门阶

那几株墨绿的菜叶,昨天刚摘给邻居大姐几株
大姐说,爬山利于养身,许多年前跟儿子一起

她高兴地跟我说起这些
"香山也没什么好玩的,除了山……",大姐
撩起帘子,轻声说着

叶

"那只灰喜鹊真好,不那么喳喳乱叫了……"
阴天的清晨,眼底,风把一切吹得静悄悄的

院子里,杂乱破旧的家具落上了许多叶子、鸟的
粪便,妈妈打扫屋子后,点起几炷香

夜里那只喜鹊没有吵得她失眠,她心里很欢喜

冬 夜

雪晴了,银杏叶就落尽了。
风干净地吹着树枝,

树枝灰白似老屋墙下的牛粪。

一地金黄,多么好看
没有家鸡打斗留下的鸡毛
它们安卧在草窠里,打算再孵一窝小鸡

屋里的女人放下衣服,喝过奶水的婴儿
展现幸福的艺术

庭院,雀鸟停下追逐。
月光清亮地流淌……

忍着冬夜寒风的人,会梦见这些吗
草棚里的老牛低哞了一夜
他看着窗棂流进的月光,想到
一根被风吹得来回晃荡的草绳

柿　子

它独自挂在树梢,圆润橙黄
很容易让人误以为秋天还在

风清爽地吹着暮云,像个老汉赶着黄牛
在村间小路上

一位灰白发老人,佝偻着从柿子下过
她似被日光晃了眼,看着柿子,喊
她那已故的儿子,来给她捶捶背

雪下的风,好冷啊
冻得窗户咯吱咯吱地喊疼
老人蜷缩在被窝里,一如柿子蔫着

她那么容易
就忘了记忆。把自己
丢在送丧的小路上
小路上白雪霏霏

新　月

白雪正在树枝上融化
细亮的,如月光流淌

姥姥蹲在窗下,拨弄着新买的蔬菜
摆放好了,就用张蓝格子布盖上
留备过年

夜空里,新月像梅枝一样低垂
仿佛窗子染上了香,朦朦的

与友人书

你说,你要来看我
这话在屋里萦绕,直到天明
才像花瓣落到了水面

这小城一隅,我的住所
已很久没人光顾,草木亦枯黄
到我这,路程长,地名陌生,街道多
信也很久才能到达

你要坐对车,认清路,我就在一棵
仍挂着叶子的枯银杏树下

早先下雪时,我就把白菜萝卜
晒干的红椒弄进了屋子,一吊羊肉
挂在门外。烧着的小炉,火苗如稠

坐在旁边,一会儿身子就暖和了
你来时,一定要带两罐文王贡酒,和
几个大白薯,是地窖里,沾着湿泥的

我把屋子收拾收拾,把
小木桌,板凳修修
等着你来呵

雪 事

以前,村庄冬日的雪,总是
大片大片地落
大雪折断了树枝,铺满了小路
厚厚的,能盖到膝盖

人们穿着大棉衣,在炉子旁围坐
闲聊,缕缕哈气飘出屋子

门外,鹅毛雪悠悠翻转,人们常停下来
手暖着火,望着雪,出神

孩子们溜出去玩,招朋呼伴
灰溜溜一群,麻雀似的,踩着雪
咯咯地追闹,脚印小小的,像开了花

大雪在村庄安顿下来
无以言说的幸福,暗暗流淌

沿地图旅行（组诗）

◎ 午 言

序曲：制作地图

这些年，我也在
制作地图——从脚下到纸上，
图像和文字的建构能力同样出色。
看地图就像照镜子，
上面总有一个行进中的你，
而不是别人。这和看照片不同：
有的照片仅有别人，
有些照片的时间、地点

都是隐匿的,遗忘
与内存的快速增长成正比;
有时也基于人自身的选择性失忆,
即使那些照片的反面
仍在深夜里显形。
但是"地理学并无任何偏爱"①,
地图更是如此,
每条线路、每个坐标都是可见的,
东方和南方一样的远,
铅笔每移动一次,目的地
就迫近一次。如果不慎打翻墨瓶,
近处或将沉默,沦为
无数颗素面朝天的盲点。

2014:村雪

雾水如云,半个清晨
就栽种好村里整畦的棉花。
三相四线被白色覆盖成

---

① 出自伊丽莎白·毕晓普《地图》

琴弦，音乐声簌簌下落，
麻雀也簌簌下落；
天地苍茫，叙写着秩序一种。

雪的积蓄常常比爱情
更和缓，却出现得更迅疾。
回看空如死蚌的心，
暗灰；却不忍心对眼前出手：
迈一步就是犯罪。
足痕不应成为纯净的添加剂，
正如感情里加了泡沫
就只能游牧虚伪。

这让我想起中学政治老师，
他说："此处的天只有巴掌大，
就索性先离开这个地方。"
现在我回来，作文中的原型
先后入土为安；
不安的除了未尽孝的后辈，
还有我……

无奈。联想留不住雪，
一面太阳就能将音乐掐掉，

棉花也会被天空再度收割。

下一轮雨水

就是惊蛰,春雷始鸣的地方。

树枝开始摆正,大地

迎来既往色彩的新生。

2015:环珞珈山

九月在珞珈山的侧刃上

磨着刀。香樟树一片青,一片

落地的红,夕照送来千万根金针

尽数刺在环山路的腰带上

竖着烟囱的老楼漾出整片水波

白发佝偻身子,枯枝也是

布满荒草的小径卧听几世足音

分岔路口,风割破了手

秋分:九月更加锋利了

2017：转场——分赠息为、立扬

"就让我容纳三分之一个宇宙"

三年来最温柔的六月
以傍晚抚过我们，梅雨的气息
在抬升，水滴爬上太阳穴。
街道口修新如旧：一贯的拥堵、嘈杂，
富有力气；我们钻进它，
就像三年前，我们钻进整片盐碱地。
现在，这个傍晚就是好生活：
图南之宴，言笑晏晏。我们
对坐、并坐，慢节奏交响竹筷。
窗外，打探钟点的灯光频频转动，
但杯底的圆早已漾开了去……

经由提醒，我们起身、转场：
从珞瑜路到八一路，脚踏声
轻易就唤出了往事，将要无人问津的
青春。再往前走，一阵旋削的风

催出一句"好天气";我们终于拥住
这夏夜,东湖又在不远处拥住
我们。今年,命运给予三次更加
辽阔的转场——我们就要相隔数年,
而"数年如零"①。脚下这走了
一千多次的路途,依旧那么
新鲜,有那么多的转折点……

2017:即散——给武大

我看见了。
那些
细小的渡口,
撑柳叶舟的石板鱼,
一如既往地
建筑。
小螃蟹作为
下一轮唯一的乘客,
显得虚胖;而

---

① 出自狄兰·托马斯《青春呼唤着年轮》

栈桥愈发的

瘦骨嶙峋——

即散是既定性

突发事件,

我会再来到你们中间。

欢饮会来到我们中间:

被时间萃取的,

被再次碾碎。

对湖开瓶,

呼啸声驶过去,

变成滑翔,

变成浪……

无端感慨,

"痛苦就是直接"①。

我看见了。

那些

熟悉的风向,

每一片梧桐都在飞速

易帜,变成

频频挥手

并参透出叶脉的。

---

① 出自马雁《樱桃》。

朋友。

2017：作为一场送别的小雨

又轻又巧，它比以往任何时候
都来得平顺。

借着两种原子的组合，我被触摸
传送到停在南方的时日。

那时也有微雨，也有逸事黄昏
我目睹你匆匆来去，一次，再一次。

此刻，凭着伞檐下闪动的液滴，我
窥见你经事后的沉稳、有所游刃。

那时常有间断性叹息，也常有火焰；
现在，雨融入了你。

这么慢，这么清净，我们就开始
克服天气，以及它所馈赠的不容易。

2018：北方的春

玉簪冒尖儿的时候，
迎春花就开始沿河垂钓，
并逐日转阳。
在南方结香呼啸的风暴里，
这边的破冰声还未消远，
回音团在水面之下。
散点分布的陈年旧事
随日历翻转，一不留神
就会越界，匍匐到
新春的台面上。戴胜落地，
抬首即是桃花；海棠
轮回多年，仍未修炼出一味。
白蜡树和复羽叶栾树
拍开飞絮，来自
白杨和绿柳的盛大节日
已上演多时。
在万物啜饮的季节，
唯有气温的秘方，

能调和一切转瞬即逝的
呼叫与回旋。
当众鸟齐声歌唱,
沉默必将沦为过去。
于是,沸腾的众口在春天
收获:从未有的轻盈。

晚风在海面上拂来的山川（组诗）

◎ 橡 树

望 川

我们从卡拉桥望远山叠叠
望乍暖的冬水拥抱枯萎的冰川

大坡顶的雪是祖先北迁的皑皑白骨
他们翻越群山，营救一粒种子

种春风的时候，加几滴山顶
红豆杉针叶尖的露珠

烧一壶山顶好不容易卸下的纯白锁甲
红豆杉的回甘就荡漾在春风里

在卡拉桥匆匆一瞥大坡顶的
雪，在山川壮年之时纷纷飘落

山海经

我要在月亮升起的地方坐着
冷冽的月光填满了冷冽的海洋
海水被晚风赋予山棱与沟壑

等到月亮再升高一些的时候
不便再沉沦于寻觅
海市蜃楼的缥缈虚幻，或是
海燕如何浸入水中
衔起铺满海面的繁星的

从这时起，我将
告诉还在牙牙学语的唯祎
他爱的，繁星里穿梭的大鱼，终将

化为大鸟,飞往
晚风在海面上拂来的山川

春日隐喻 .I

这一生,你一定要做一棵曲径幽深之处的
树苗,独自生根,独自开花,独自接受太阳炽热的爱恋
以及,用一整个夜晚守护繁星,等银河仓皇出逃时
用枝叶兜住所有的星屑,或用漫空纷飞的花瓣
换得佳人一笑,以邀他醉在你弯弯的峨眉枝里

你要学会独自采撷叶尖的第一粒露珠,独自用四季把它酿成
酒与迷情人间的牵连,当草木与大地共赴苍凉之时
在人间,你也从未孤绝

春日隐喻 .II

我虚度一整个下午的春光,与一朵花苞厮磨
听他即将绽放的香味,被太阳光芒

掰开的铃铛在春风里缓缓摇着
静谧的午后，一年一度的谦卑生长

可有几番春色让我与你共缠绵呢？
或又有几行诗的时间让我在记忆中描摹你呢？
你是少年的双唇，以及苍白的面庞
还是浑身散发的浓郁气息，柔柔地扑向春天

我早已在花田迷失了方向，大概是因
寻找到了一种近乎疯狂的
美感，孤注一掷的春天
——绽放了就是绽放了，凋谢了也就凋谢了
再等一个四季，风不再是今日的风
你也不是在今日绽放的你

红土乡

风一吹，把高山的雪花都吹落了
雪覆盖一地，温柔地
像火一样，它们的功用在冬天
此消彼长，这让我想到，风一吹

年迈的邻居就倒了,撒了一地苞谷粒
公鸡打鸣,鸡崽倾巢而出
打小起,它们就啄食人的寒骨

每天都有人从屋门前走过
恰到好处地热情招呼,换一句
来年风调雨顺,四代同堂的寄托
就像口中年肉,七分油脂,三分筋肉
肥腻但不可推脱,兄长裹上
一层糯米,被放进生活的蒸笼

我告诉外公,我不食
腊肉,像是山谷里几乎干涸的,包含金属元素的
溪水,这六十几年来它不断侵蚀他的体肤啊
他也要如同河道了,也要几乎干涸了
新鲜的松木变为熏腊肉的枯柴,也许佝偻
形成的弧度,更能够抵抗疾风

我告诉外婆,也不必为我准备新鲜的猪肉
第一次听见猪的惨叫,我整整哭了一夜
或者她听到的哭声,只是风吹过山谷的
尖啸,雪地也不能吸收的悲鸣,就这样
一直流浪在乡野的风声中,四十多年前

母亲在雪地里的哭声

从来没有一次像今天一样,如此想念
院坝里的那条一年只见一次的黑犬
它永远记不住我的气息,却能
深谙与我的相处之道,就像这样:
我和它常常在清晨对视,争夺
每天清晨第一次问候这座村庄的权力
除此之外,我和它毫无纠葛

冬天也太冷了吧,裹杂着潮湿的雾气
山城用两江之水勾兑的胃部火辣,不抵
雪水酿的苞谷酒,流到垭口的时候
却突然猛回头,它永远流不过
蜀道之难

夜　色

1

我囿于一朵深夜的

蜡梅,是盛满寒冬的金盏杯

他饮
一盏倾城而来的雾气
钟声在沉沉暗夜里寂寥无声

2

纵身跃上枝头打望这半个江湖
有马匹打身下路过
侠客无声,刀光剑影
熠熠,晕染了整个夜色
"让路,让路"
马蹄哒哒是
寂寂流年中虚张声势的唯一招数

3

枯枝之锋利,削碎了
弯弯明月,洒落于
一江东逝水

你至今仍欲解答那些令人
难以消解之事
譬如,冷透窗纱的寒气是如何

一步一步剥夺你渐渐沾染的生活气息
又譬如，弯弯明月是如何
在空中得到，又必在水中流逝的

一号线人像速写

小勇士

持着恐龙剑的小勇士，眼里蓄满了
列车窗外的飞驰，想要斩断
高楼丛生，以及列车停下的短暂间隙
我只想在遁入地下之时
抱起你小脑瓜里所有的梦
那些你愈想斩断的
东西，会愈发趋向永恒

胡子大叔

陌生中年妇女前面
你指着自己说：
生活无情碾压我的体肤，岁月让我与死神相交甚好
你还谈论关于良心的现世报，亲友

被你勾画成一幅抽象派肖像画
"列车即将到站,车门将从左侧打开"
你匆匆建立起某种虚构的联系,再见
人群之庞大,留山羊胡子的人不止一个

老年人

秃顶与睡意昏沉往往会安放于
每一个行将老去的人身上
列车的骤然开动,惯性
让你不得不依靠在年轻人的身上
列车驶入地下之时,正襟危坐
用手拉扯脖子上松弛的皮肤
喉咙处的褶皱里蓄满了将说未说的前半生

我

列车窗子把我的镜影
与高楼、街道相融合
他们说:你是这座城市拙劣的艺术品

国庆夜发武昌站

◎ 熊伟东

车站节假夜,内外同熙攘。
我欲寻一隅,闲坐供清赏。
窜伏肯德基,轩楹殊不敞。
难审抱膝趣,焦思杂今曩。
彳亍庭阶前,云月共惚恍。
有客藉地眠,和褥沿墙躺。
有客相偎枕,三两凭栏上。
团聚槐蚁穴,窸窣不绝响。
顾皆尘中物,来去一俯仰。
我亦处其间,随性归混漭。
避秦存故纸,迷津再问枉。
旁视曲肱者,看剧笑拊掌。

偶来风尘隙，馀乐得暂享。
忘机念未已，驱驰赴蛛网。
飙轮复掷梭，奔流何浩荡。

一个青年的酒与浮士德

◎ 伯竑桥

1

有时,酒后,她睡成一场落雪的样子
卧在我的旅程,做我蓬松的岛屿。
走下山坡,她以草木生长的姿态
散播桑榆的气息,而我用接近的方式避开
她和她新鲜的连翘。
听说江南过客已多,不差我一个
但我希望江南是一条小径,秋苇开在两旁
我打马的频率爵士鼓般低,低到她
无从开窗。这样便封存了后来之事,免得
它们日夜漂流,散落在无人走动的冬天
而她,还在我体内,兀自做梦
一扇扇暗窗,深沉如路边风景。

有时，我忽记起一位不停远走的女子
她曾是一首酒心的唐诗

2

下午四点我结束一场烹煮
醒来手边似乎有雨在等

万物的回答还在喉咙里翻滚
阴天是世界说话的唯一方式

梦不仅俗，而且荒芜
无力感让旧原野老得理所当然

这一瞬，我把自己缓缓发泡
远方的木耳正穿过首尾倒置的森林

别害怕，如果厌倦这座孤岛
词语的洋流将送我们去到陌生的子宫

3

错过的列车都没有我的终点
索尼娅，为何我仍向你求取着什么？
我听见你悲哀的足音，多年来

贫穷远比我们更清澈，像你瞳孔中的水
梳洗路过的那些风，沉默且温驯
我的肉体紧闭，灵魂荒腔走板
你在念诵着什么？索尼娅，当大风刮过山冈
我会找回七岁那年弄丢的帽子吗
悲哀会板结，欲念悬停在地平线，仿佛隐现的星群
人世间，有人在呼唤羊群，有人在找寻父亲

4

往眼睛里倒酒，山就有了影子
庸常年月的脂粉气，溢满花间的词
我们离开，而海依然在，你觉得悲哀
一个人的一生是不断换韵的过程，就像这首诗

5

我们在高高的坟边对坐
饮酒，谈论下一个朔望周期，星星
会以怎样的姿态醒来。
花朵如天气，郁结在枝头
你晓得星星有时清洁胜过初雪
但一切无关修辞。睡眠垂落，像一双手
随手撕下的日历成为新的大地
人的体内有幽暗的一杯水，让活着变轻

变凉,而所有滚烫的少年都
隐隐像你:风的影子,弱的天才
在夜里在人群,嘶喊:群星苏醒!
去求证,去温习,人类微弱的趋光性

昔我往矣（组诗）

◎ 罗 曼

> 我们曾在巴比伦的河边坐下，一追想锡安就哭了。
>
> ——《圣经·旧约》

1. 夏至，安阳。昔我往矣。[①]

还要途经多少果园才能抵达
绿的边沿，才能拨开溽热的暑气
颠簸至殷墟王陵，而非设想中

[①] 公元前1046年，商朝灭亡。宗庙、祠堂、民居等建筑物悉数坍塌，河水泛滥，废墟上覆盖厚厚的淤泥，华北平原遍布"看不见的城市"，许多事物被掩埋了至少三千年。

天寒雨湿冷啾啾的季候。

那些无限趋于破碎和湮灭的
龟骨竹简,每道裂痕都在发问,
都在占卜征伐、收成与福祸旦夕:
"未来是否有灾难发生?"

幽深的坑穴再发不出任何声响,
人面不知何处去:马车上的嫔妃,紧随
其后的侍从——徒留空空的遗骨。
一切似存实亡,什么才是确凿的?

浮生若梦,死是一件真事情。

青铜泛起绿光,重见天日的司母戊鼎
满载远古沉默,存活的每一天
将新的废墟筑于旧废墟之上。
仿佛一场暴雨即能冲散,
又无可抑制地重生,
良辰与美眷。那些晶亮的谷穗
尚在孕育之中,隔壁人家
灶上的米慢慢地煮,祥和的芳香
就要氤氲过来。

2. 立秋,西乌珠穆沁旗。荒凉天使。

那天下午,车窗外一晃而过的草原
令人浮想联翩的草原啊,没有谁
走出蒙古包,也没有谁策马扬鞭。无尽的草原
向早秋内部绵延,有羊吸附在山腰,它们为何
停云般纹丝不动,等天起凉风
我将离开西乌旗,届时它们解散如滑落的毛线球

无限荒凉中的天使呵!

它们低垂的眼帘,草原可能的边界。
最后的羊群赶在天黑前回到家园,入秋后
荒凉的牧场,羊群吻过的土地被黑暗逐层分解。
冬日来临就向南去寻温暖开阔的旷野,中途
走失小羊两只:一只叫万水,一只叫千山。

而你,曾是更为稀薄的云,
草原尽头青灰色的树。

3. 小寒,岭南。冒雨赶路。

滂沱的雨下了整夜,浓雾吞噬摩天楼,
灰白中隐现戴斗笠者,仿若江上来客

又如没落法师,临河湾束手而立,

"究竟什么人在那边?"

潮湿浸濡我们的衣角,你开始落在后头,
任行李箱扯出尖锐嘶鸣。陆上行舟,
伞再大也无济于漫天风雨,
而榕树畅饮,店铺谢客。

路面上的水洼与珠江呈何关联,
蜜汁叉烧与电视里的冬奥会呢?
岭南适宜节外生枝,所有的树都
迫不及待向另一株延伸,坠落的花瓣
仿佛可以就地生根。逃窜的灰鼠
在街心花园的片刻踟蹰,足以
令人错愕,令你忆起曾经他
叵测的内心。白色渡轮等待海鸥
如同你我等着永不再来的爱情。

4. 谷雨,北京。今夕何夕。

一个下午用来听树叶的沙沙声:那些屋檐
那些眼睛,变迁中可有事物隐秘维系自身?

昨天在雍和宫望见护城河向西，经鼓楼大街
过安定门到积水潭，事实上，你我一再违背
赫拉克利特的箴言，无数次踏上同一条河流，
即便水面静止如失忆。晨钟暮鼓化作符号式念想，
仍有人执意离题千里，在城门下兜售卡通气球，
傍晚搬来小板凳路边烧烤。其实无处可逃
不是吗，一切已纷纷陷入灰霾浩浩汤汤横无际涯
"千秋万岁不够，我要万寿无疆"，可历史梦寐
是否也包括了一次次失之交臂的幻灭？

回想过去，觉得蹊跷、委屈，这个春夜
许许多多的春夜，犬吠的回声悠长清晰。
你会记得这个春夜，月色婆娑，一切持续变老变丑，
选择逃离，飞去的影子在发抖，危机感同恻隐之心。

"即便在爱里，我也感到隐约不安。"

就在前些日子，霍金走了，嬉笑怒骂的李敖随后
也走了。浮云世事不变的是天真或茫然，孤独者
同影子继续交谈，一些词与另一些词无声地回响
还有什么打动你？在湖畔木椅，枯坐至日影飞去
孤立成一座灰砖塔，这情形，真如古老圣书所言：

"我们曾在巴比伦的河边坐下,一追想锡安就哭了。"

2018 年 3 月

静 电

◎ 朱万敏

1. 红色星期五,日落前的一个片段

走下第二级台阶时,她停住了

暮色中的女人,衣衫在晚风里拂动

路过这鹅黄色的春天

茫然的片刻,飞机闪烁着划过

空气里仿佛真有透光的寂静

她想起早些时候,艰难地

吃下最后一个苹果,

过于鲜艳的颜色

明天也有人要离开么?

在梦醒般的沉默里,

在遗忘带来的悲伤里，

她站在那儿，

感到时间正流过她

就像车流华丽地穿过街道

在近乎凝滞的喧哗中

厄运正向她扑来，

如同眼前骤临的黑夜

2. 白色星期一，午后在洗手台前

她洗手时注意到这面镜子

双马尾的女孩，一张困惑的脸

那是她自己么，为什么在和别人说话？

水凉凉的，有光在墙壁上来回闪动

这一幕是否足够平淡？她不知道

很快，她的家人会来接她，

在黄昏中离开这所新学校

她也不知道，再过几年，

会有一个孱弱的弟弟降生

有时她深夜在大街上奔跑，没来由地

记起很多事情，比如一条晒干的蛇

比如炎夏里潮湿的闪电

或者是现在，这个她认出自己的时刻

她将不断回想起这一幕，在入睡前

在玻璃窗的倒影里，在酒醒之后
直到将它视作一生的开始
而她只是洗好了手，转身出门
让太阳轻轻照耀在身上

3. 蓝色星期日，有鸟声于凌晨隐现

我看到天花板上流动的影子
屋里还能听到人的呼吸吗？
我梦到我在草地上散步，整个晚上
没有遇见一个人
太阳消隐太久了，
我醒来也没有见到太阳
猫在外面狠命地挠
窗外有火车呼啸而过，
有救护车带着女人的哭声穿过
也许有人在回去的路上走丢了
明天他们会去放风筝，那将是一年中
为数不多的幸福景象，
但不是这样的
一个人不能决定他的出生，
正如他不知道，会醒在哪一场梦里
可是你不要害怕，天已经亮了
门外也没有陌生的人

一切的存在可爱且合理
——致文康

◎ 路攸宁

抵达北方的第一年,需重新对冬日产生敬畏之心
你谈及天津的冷、雾霾、干燥空气
以及日常的琐碎。一切的存在可爱且合理
光线给予人们大多数时候是惊喜,而眩晕,稍纵即逝
以至,蛰伏光阴里的微茫都忽略不计
幸运的是,无须畅想和代价
落英的缓慢累积,足以对抗这人间的无聊
如果这样的日子不再令人发愁
掠过你眼底的温暖颜色替代了一切凋零和远逝
那么是否可以,选择原谅北方的寒意

和北纬三十九度毫无征兆又难以消减的降雪
季节无止境沦陷,献出了更多的空旷与想象
冷均匀滴落在城市的紊乱空间里,
在风的摇晃处,我们已将星辰运用于辽阔的生命之中

春令两则

◎ 代 坤

1. 雨水诗：春宴

早春时你出门去，微弱的雨速
正稍逊于游目——
冬风已被橘样的光化解；枝条上，
排坐了几名翠嫩的观众。
仿佛你是第一次出海，
周遭正降临着风景的再发明。
你摘掉皮肤上繁复的衣裳，
抽芽到她们之中。
伸出了新鲜的胳膊，
作势倾耳雨中分娩的歌剧：

绿,映在绿里。水中翩翩的春歌;
草色酥软了一颗人间尘心。
暂时还没有什么,可以
被随意征用。你组成了新风光,
移景驻足可观:三两只水鸭子
试探着湖中镜。小小波澜中
鸭掌似是那借来的海神之戟,
正在为春宴仔细裁划;
作为时令的先知,它们更乐意
将暖意拨入每一臂水草的深心。
毕竟,手掌因编织而温暖。[1]
沿途还遍及着更广的花束,
在推敲破壳时的造景。
就像你,触目这些屡次谈及的奇迹,
总在琢磨一个最佳的视点;
似乎如此方能获得
美的存证。而雨仍不懈落下,
雨幕近似于无限的无限。
微弱的雨速——
将如何蒸发造梦者们的解冻?
仙游的这一路,随处婆娑的枝影;

---

[1] 引自张枣《何人斯》。

云升上电线杆,

攀紧了早生的鸟鸣。

2. 惊蛰诗：雷池

先是在前夜，手机里

泊来了天候的急奏。晚空之手，

开始为春色的曝光而预警。

并没有不可逾越；

颜色已早于它的简介抵达我。

闪烁，与连绵的自身；

它的临场更像一场

被腾空的山势，却不宜登高。

遥望着，眼睛重新创造了光，

燃烧是一生的内省；

然后，余烬跌入更沉的夜景。

而双耳正蹲坐如海螺，

轻易间，就接纳了雨的蓄力。

关乎水的暴政——

暗地里万物在紧张地生发。

此刻鼓声麇集的叶面，骄傲的

星辰们，悬停在历史背面……

虎。危险总在试图摸近我们。

费尽了蛰眠于百草的旧梦，

消遣的春鞭,
陈列出身体里久违的冒险精神;
天真地集合着甜意。

第36届

樱花诗赛获奖作品

客居武汉

◎ 康承佳

客居武汉

武汉腊月，大雪把天空推远
遥远的事物又一次聚拢
覆盖着厚厚一层白色的忍耐
城市的灯光，依旧照耀着醒着的事物
那些近如生活的病痛、衰老、贫困以及爱

可我依旧对万事万物好奇
惊喜于一捧麦子成长为面包的过程
即使父亲弯腰时的吃力提醒着我

我儿时的英雄已经败给了黄昏

我看到江汉滩两岸静寂
远处城市随潮声缓缓消解
长江从此中借道集结着城池南北的危险
楚地西倾，承担了古中国千年一叹

我看到，这片土地未老
曾走出我遥远的祖先
风起时，武汉又一次荡开春天
樱花随风，缓缓地开

大雪记

夕阳从父亲背上收回它最后的弧度
余光扫过武汉时，人间已是冬天
严寒接受万物的朝拜，卸下又一场雪
问起游子远人——有谁正在归来

雪色铺开辽阔和浩大，鸦群把古中国抖落成
整个北方。夜色开始起伏，人流淹没灯火

此时你应该起身，看折叠的傲慢深植于鸦群体内
那送信人拾级而上，所路过的，都属万物有灵

如你所见，那些脚印、落叶、流民以及寒蝉的尸体
它们都储蓄了一年以来的危险和疲惫
如你所见，微小的事物总是深藏着全人类的苦难
大雪懂得这些，只是以沉默的方式。或许
等到春天以后，你也可以爱它们比现在更多一些

山川赋

黄昏越来越短，乌桕、红枫以及银杏都深陷暮年
苍耳以身为刺，在十月和他者保持着深褐色的距离

白桦树叶腐烂得很香，每一片都曾拥有金黄色的荣耀
拥有过整整一个夏天。那小悲欢带着某种神谕，给予你我
以生命本初的平等。我总是从万事万物中寻找生命同构的
隐喻
就像，我们生来拥有河流，拥有高于本质的假象

随河流蜿蜒，此去，鞭打出群山的形状

山上有坟,有路,有草木年复一年的枯黄
晨起无风,一夜的雨,雨水
授予山脉那河流多年以前的身体
多年以后,群山,将以泥土归还

回 乡

◎ 吴自华

他望向窗外：陌生感正被回忆蚕食。
这是一趟慢车，他抬头，看车厢尽头的挂钟，
最后两小时。

他一个人，几乎没有行李。电量早已用竭，
他不去想，开机之后会有多少条未读消息。
真好，又是一个人了。

四年前，反方向的轨道上，他曾向身后
的一切挥手道别。他要去往祖国的心脏，
那是祖辈生活的地方。

他轻易地融入，像影子融入夜晚。
他确信：自己属于这里，就像
猎人属于鸟鸣猿啸的山林。

时间是唯一的缺口。他恨不能习得
分身之术。他肩负着父亲的夙愿，
宁静的眼眸下，是一个家族的焦渴。

他告诉自己：要成为一棵树，要扎下根
来。第一次遇见她，是一个秋日，在
图书馆，窗外，是银杏鎏金的天空。

从此之后，书页的每一行都崭新。
咖啡的香气氤氲在钢琴与提琴的交响中，
风吹动的发梢，覆在上扬的嘴角……

视线重又落在漆黑的屏幕上。
他不再去想，那场滂沱的大雨，
挣脱的双手，奔跑时的回头，最终放弃的追逐……

他眼里仍含着忧伤，但主要是
坚定。西下的夕阳，金黄的多云的天气，
他主要想起：儿时的麦地。

所有未完成的使命在向他招手。

那是一个村庄,多少个世代的期冀。

他回来了。

感性考古学

◎ 刘阳鹤

1

也许,我很晚认出自己
是因为镜子照得晚:现阶段
不好做主观分析,好比我
从幼时档案馆中,永远调不出那些
可感的玩物:

自制手工艺,散落成堆;
线团、软积木、蜡烛,各一盒;
多面球体,数量若干。

每个物件均有可能仿真。
趁生命圆整时,我拎出幻想的线头
切入它们。在那明暗
交接的曲面里,诸种存在的困惑
向我逐个展开……

2

什么是值得回味的,你会
因为物象涌现,与世界的童年
佯装划界吗,不会吗?

你仰起了头,谈及你不会
甘心只做白日梦:关于纸鹤凌空后,
如何衔来一颗　体内植入

一块瘀血的玻璃球,看似
像你来世的琥珀。如今,你不必
有太多诞妄,只消一团火

3

便足够,把你分成两份:
一份留给积尘的

圆宝盒；另一份可能会
在瞬息的灯火中，徒然现形……

谁都知道，我们受限于
理性的轮廓，生怕深情无节制
滋生出时间的碎痕——

每一道裂纹或是我的不甘，
或是我们冲淡的
存在感：匮乏至极，如梦中白日梦，
通往不切实际的一切。

4

水比空气匮乏，在流动的
美学中，我们能否同时涉足安宁
与不安呢？的确，我最善于

制造词语的幻觉了，唯独
家的记忆，在玻璃球上来回翻滚。
一瞬的定格，即永恒吗？

是的，你不得不去复查
历史的顽疾：一切缥缈的东西

都凝固了,像镜中的鹿角。

5

我们的家不复存在了,
谁竭力还原它,谁就离它越遥远。
还有更远的,比如我和你
在迷思中分裂,在读写中
嬉戏。要是你认为我

搬弄虚词,我也没什么
好说的:丧失并不值得惋惜,至少
我们从未真正丧失过

生命的可能,圆的或缺的
都与是非曲直无关——
此时此刻,我们要有爱欲的想象,
要在垂危的烛火旁,
坐成一座蜡像,我听你说。

夏夜记事

◎ 樊 南

夏夜记事

晚餐过后,我们走入屋后的松坡
在积满松针的树影中坐下。
那是你熟悉的地方
一些雀鸟偶尔落入芒草丛,松树
在余光中变得向后弯曲。
在空旷中,仿佛我们也成了盛夏空气里
一颗虚空的草木灰,没有可倚靠的
事物的信赖。
我们顶着最后的光,轻踱回家中

周边变暗的一切轻声地屏息。
深夜，你在窗前传来的
一阵柚树的气味中睡去，未曾察觉
一种松针般的寂静。
此刻，月光如滑入阴影的冰块
我静静立着，等待一种久被遗忘
又如同初晤的他身之感。

观雨

雨仍未止，铅灰的雨幕
稀释了与友人的谈话。我到阳台去看雨
屋内的事物都在滴水，积尘
凝固成一种颤动的瓷器，透过生活的阴影

经世之雨，遥递来昨日的消息
像是从某个昏暗下午传来一阵生疏的曲声。
而经验比时间更富于耐心，我明白
雨的频次中，那种体认与顺从后的平静。

整个夏天，雨像是为我们准备的
一场蒙恩的飨宴，那些来自高处的垂诫
使我们深深领受，内心
并确信全部生活中加倍的秩序。

看雨,因此获得一种错置的对应。窗外
有人从雨间盗摘走一束荷花
有人决意收伞而去,麇聚未褪的余息

晚　雪

一场雪被等待太久,而冬天已经近半
雪落的消息是下午,我们
并肩走在江边的廊堤上,身体始终
紧贴着,仿佛是一种晦暝的慰藉。

在江边公园的避雨棚下,我们长久
凝望着江心,看那些陨身为水的雪
有限而孤立的雪,如何在一次次
奔赴中耗尽了颤动的热望。

你将脸转向我,像个认真的孩子
轻声数着落在身上的细雪。
而消失的已无从修缮,如同一幢阁楼
因为秘密必须轻盈地隐匿。

雪的四点钟，我们从大雪中退席
你将戴在左手上的右手套脱下，
雪意周而复始，奉献着寒冷
没有一片，可晾曝你我深雪之心。

哐当，哐当

◎ 陈昱帆

哐当，哐当

我们在车站的长椅上
坐了许久——我们已经累了。
这一切像做梦一样短暂，就像
睡着的人梦见醒着的人。

此刻，我们介于死活之间，此之谓鲜
此后我们将冷却，变成厚重的鱼冻，变成
沉沉冬天的夜空。各色的叶子不可阻挡地

都落尽了,我们心知肚明,说起下一次的相见。

末班列车到站。我们痒了起来
如同哐当作响的铁轨。

旋　转

一支箭飞行许多年后,命中你自己的背
不可思议地。你查看自己的手,展开五个指头

周身的火随之熄灭,化作云飘散。

你恢复自己的方向感,银雷彻落
在北,深深的伤口中长出侧柏

你想和它一样。你已经和它一样,旋转进自己的内心。

千年后古柏下,情侣怅然对坐
"我跟你说了,走重复的路,不会遇到重复的人"

白露，我们生来是多么的白

早上起来，我们的身体
落下一些碎屑。梦咕嘟者，旦而呜呜
梦呜呜者，旦而突突

而推开大门、飞行，咔哒声
在身后响起。因为空虚
我们无法守口如瓶
（像心里痒痒的火山）
我们想说什么，我们手足无措
灾厄堵我们的口。我们看见街道上
车马中一人身穿"信和殡葬"

骑着三轮："收头发，收长头发
收旧手机、坏手机
收甲鱼壳"（它无法曳尾涂中）

石榴花和表姐

◎ 赵 琳

石榴花和表姐

石榴花开了。红喇叭摇摆不定
蝴蝶扑哧扇动翅膀，蜜蜂成群结队
站在枝头，采集了甜蜜的果实。
一人高的石榴树，表姐栽下时和她一般年纪
她和树穿着同样格子衬衫，喝着一口水井
一年年地疯狂长大，她比树漂亮，树比她鲜艳……
每年，石榴花朵朵开在春天
每年，她采摘的石榴颗粒饱满，裂开的嘴唇
笑起来和她一样迷人。

只是今年,表姐二十三,终将出嫁
石榴在被春天催熟的季节开花。

劈柴的午后

父亲还在抱怨过冬的木柴未劈完
他一边责骂我力气小,一块木柴要劈三下
才听见一分为二的响动
他一边抡起袖子朝下一块木柴劈去
我无法像父亲那样:
劈开的桃木有美好的条纹
劈断的梨木有花儿的清香
劈出的木屑还留在斧头上
劈完的木柴整齐地落在一处……

我只是吃力地劈好一截,看了看堆积的木柴
告诉自己,我能嗅到
世间所有植物特殊的味道
不再嫌弃手上粘满的松树油脂
不再害怕过敏的漆树
椿树和苹果树天然的香味异常迷人

直到暮色来临,你所看到
各种木柴燃为灰烬,相互拥抱
这漫长的冬季有了故乡的气息

星星的光芒

在拉萨的街头,我刻意把头顶
无数的星星数一数
它们长得十分相似,掰着指头永远数不清楚
风略带寒意,我想到祖母的关节炎犯了
她会让我关上大门
仿佛只有这样,才有御寒的暖气入门

我深知,这片圣地的每颗星星
都赋予各自独特的光芒
那颗微弱的小星星,以前是我
现在是妹妹;那两颗闪烁迷离的大星星
像祖父的一双幽深的眼睛;他离世多年
还能幸运地看着我们在尘世生活
但在异地,无论如何找不到我钟爱的星辰
看到的只是即将移植乡下的霓虹灯

十二月相

◎ 李啸洋

立春。十里东风破了胡风,鱼上冰
北地蛰虫动。小青从右玉去了淮安,
八卦在村里流传。活版印刷术
谜。雪。莲。妓。汉家官话是挨家挨户的秘密
苍头河路过采花的西域兵,青木川生起烽烟
子鼠食月,星星是历朝历代花剩的碎银
雨水。一只水瓢挂在天地间。玉匠南下,修南朝的佛
众生睡眠。星光,洒在斧刃上的盐粒

惊蛰。桃始华,仓庚鸣,鹰化鸠
东隅发雷,垂首春花满溪。小青进城打工,梦见水牛
一对兽角遗失在梦的边界,黑对称白,麒麟对称獬豸

南朝的疆对称北朝的界。甲虫吸食胭脂,六百亩兰花枯萎
春分。莺解初语,人间春日竞逐香。大海倒扣过来就是无尽的夜
小青思念油菜田,思念母牛奶小牛。庄子骑一朵绿
在水上休憩。上弦月是停止的银纺轮
众神抬夜,仙鹤眠

清明。一钱唐诗,一钱宋词
一钱甘草治好思乡之疾,花瓶落满青雪
燕草如碧丝,秦桑低绿枝。春天,姑娘贩卖杏花
时间把斧子封住。小青用比喻削苹果,用一张纸思念
汉朝旧乡:金银花,白马寺,弹棉花的小伙子
谷雨。杀虎口春雷响,画眉恍在银里。四月戴胜鸟唤醒
花神,春天敞开一座教堂:青草、黄鹂、新泥
雨中有烟楼。春水盈耳,月光盈耳

立夏。蚯蚓出,王瓜生。猫梦见一场桃花,一场雨
卯日,万物茂焉。小青和白衣裳后生在木桥上散步
纽扣结着纽扣,指纹印着指纹,银辉映着银辉
有一种声音。始于轻风,始于星辰,始于河流
闭上眼,"姑娘,我要以我的神魂抚摸你。"
小满。香油调苦菜,小葱拌豆腐,一碗水和一个女人
一起忘忑,属兔男子带来前世的白蝴蝶

水上白鹭飘。一阵呼吸剥离了春天，白是危险的比喻

芒种。布谷鸟叫的时候，小青欣喜地合八字
占蓍草。花轿子，银镯子，红囍字，择良辰吉日唢呐
吹响南音和北腔。元曲里书生白衣青帽，芳草连天碧
夏至。龙藏，水至深处。落榜状元在长城根下哭
黄土松动，铁犁和耕牛在暗处卖力。苍头河干了
小青爹灰头土脸，忙着摆猪头设香案，请龙王
赏水。雨落了，农历依旧布满灰尘

小暑。骄阳烈，豌豆长，百草旺
子夜银河亮。金鱼尾巴晃着火的虚苗，溺死的人坐在井口交谈
"须菩提！若善男子、善女人，以三千大千世界碎为微尘，于意云何？"
火烧云，黑油烟。女儿过完百岁，小青就褪下银鱼进饭店端盘子
大暑，银环蛇出洞，鸦鸟啼。五日腐草蠲，又五日土润溽暑，又五日大雨行
昙花枝，膻中穴，虞美人。夜晚是世尊铺开的袈裟
八月饕餮，黄粱冒着热气，槐安国使者正驱车入树："若卵生，若胎生，
若有色，若无色，若有想，若无想，我皆令入无余涅槃而

灭度之。"

　　立秋。凉风习，四处蛩声起，胡不归？
　　寒蝉凄切。小青回了老家，银戒冰凉，墙丢了地址
　　秋光总照断人肠，雨打芭蕉，万里云
　　万里船，相见时难别亦难，把酒已凄然
　　处暑。牧马人遇到赶秋老虎的人，白衣裳在南山种下的一片竹林
　　有笙笛的美声。小青爹在山下卫生所打吊瓶，小青
　　洗蘑菇，切萝卜，剁馅子，包饺子。七月十五
　　月照花林，葡萄架底住着十二个梦

　　白露。鸿雁归，白袍小将挑起银枪，雨就断了脚跟
　　吴刚砍了桂树，李逵丢了板斧。小娘子羞答答褪下银项圈
　　跟收羊皮的跑了。野芦花到处飞，铁牛镇河，五行金克木
　　深秋有着木质气息，一只蟋蟀在废屋宇下歌叹月亮
　　秋分。江水长。风吹谢了曼陀罗，吹进蓝裙子
　　柳巷，鬼擎着灯，照着滴水观音。契丹人把弓挂在墙上
　　天净沙，秋思。善男子在宋词里打坐，修有常，修无常
　　而小青爹隐姓埋名，一辈子忠诚于一把镰刀一盘石磨

　　寒露。申猴鸣，露从今夜白
　　江南，烟雨暗千家。北城门，烽火望千家

一个灰色的名字找生活里的盐。石榴红，菊花黄，万木劫
正午送走后羿，午夜迎来嫦娥。契丹人在西域贩卖白驼
霜降。豺乃祭兽，又五日草木黄落，又五日蛰虫咸俯
月蚀花林，东坡在月下锄梅。枫树林里风昼夜响
寺前玉兰败已多时，住劫。空劫。词是无始劫
偏旁黑色，部首白色

立冬。草木朽。南宋下雪了，松树长在画中
云雀说法。小青身体里凫着无声的鸟群，虚晃
如一阵打颤的光阴。千山冷，世上的水开始睡眠
九十九个骷髅枕着九十九段梦。江湖的盐开始返潮，江中
白鸟莅
小雪。野鸡肥，契丹人生啖鹿肉，地生雾凇
桃木梳子断了，琴板荒腔取走一段音喉，每个角落都漫着
水。鲛人有泪，十个梦捂住十个孔，十个孔捂住小青的
暗伤
鸳鸯湖存一汪清水，故乡的水纹在鸳鸯缎子上

大雪。雪自无垠处来，自无垠处去
白茫茫落在没人住的房舍上，窗棂、青苔和青瓦片
鹍旦不鸣。小青老得只剩第三人称，头发根比喻锈了
碗筷旧了，门锁哑了，镜子和眼睛韶色了。小青叨念着
年轻，

把冬天堆在一堆苦药渣上，小青的平房夹在楼房里，像一座阴冷的古庙

冬至。一口猪，一口羊，一缸酸菜，柴米油盐依旧寻常

天地以万物为刍狗。开冬不见月相，旷野凝霜

谈到老，有人骨头里的闪电松了

小寒。北原有新坟，人间瘦了一半。八十大寿赶在前脚，阎王

爷就赶在了后脚。小青的女儿戴孝归来，银镯上凤凰跟

"福"字黑了。腊八银河连着冥河，小青梦见白衣裳

梦见水缸哭了，父亲喝了一瓢水走了

大寒。水坚，鹭鸟厉疾。每个日子都是旧的，而年是新的。

年要了亥猪的命。远山，乌鸦唤走了小青的名字

黎明，门口有风。祭醴，献祀

十二梦刻进石头，不辨君，荒，老

丁酉年，农历正月十四

星期六的早晨

◎ 马海花

星期六的早晨

三月八日,周六,是今天。八点钟
室友的闹钟还在睡觉,像学生
一样,它也有周末。晨跑归来后,
我像是一位得了哮喘病的人。呼吸就
像过山车,一阵高一阵低。
这让我想起三年前的母亲,
她腰里挂着镰刀,肩上扛着锄头
浑身披上朝阳,一个人将村庄扔在了
身后,走进了与她的背一模一样的

大山。直到黄昏铺满村庄时,她手握着锄头,
背着碗大的夜晚,又拾起了身后的村子。村子前的
那些摩肩接踵的山让母亲花费了健康
它们像块石头硌着母亲的肺,凌晨两点钟,
我听见她的肺就像临死前的牛的号叫声。

母　亲

母亲的话越来越少了,
"嗯""我明白""知道了",这几个词
反复地从她的嘴巴里逃逸出来。曾经的
长篇大论,许是已经淘汰了母亲。
不知何时起,在傍晚的时候,
母亲总是爱趴在窗口边上
像一个刚上学的孩子一样。她翻出
一张纸,又翻出一支笔来。将窗玻璃
当作桌子,纸上就印出了一个太阳。她说:
"这是黄昏年轻的模样,当我老的时候,在纸上也能印出一个
年轻的自己。"

光

一束光躺在板凳上
父亲坐在光上
"今年的日子有点紧"父亲说
我抬起头看见那束光
为父亲披上了一层霜

第37届

樱花诗赛获奖作品集

随之而去（组诗）

◎ 刘雪风

于无声处

太阳在她耳垂处升起，那个睡眼惺忪公鸡叫的早晨
枝叶习惯性飘逸，交织后的寂静，再难被方向剪裁

母亲灶台生火，蒲扇轻摇，菜皮被雨水打湿在地
在水中看着我的玻璃球，满是清凉的童年少年

鳞次栉比的瓦房下，灯火温柔
窗台透露些许暖气，角落里的灰尘，从不奢望月光

细柳在烟雨中朦胧,我的脚踝被泥泞吞没
远有银白小舟缓缓驶来,鱼儿在湖中跃起,沉下

发鬓旁青蛙入梦,蝉声此起彼伏
"夜间露水湿透了晾晒的柴垛",父亲务工回来了

山　雨

白墙下枝丫扇叶般晃动。细雨遮没了柳色
妹妹手拿小伞笑脸盈盈,山雨爬满崎岖的小道
心底的炊烟开始在脚下升起,水星飞溅头顶,晚梦中
化作翩翩飞蝶,在云雾、溪水边做蛹羽化,飞去

狗儿慵困,火烧云伴枯枝的烈焰融入暮色
远望消失房屋的边角,耳垂处有暗间的陈和玻璃的透
把闪电握回袖管,作秋的笔,在远山苍翠中学会临摹
树的影子,家的颜色。于朦胧的月光下沉醉寂静,沉醉
微风
这就是幸福了,后来遇到的都不是了

往　日

料峭的春日走过石阶，向下游去。恍惚梦中诀别
阳光落在她的水盆里，摇晃出尚未洗净的衣裳
她没有过去

乡间薄泥被水润湿，两条遮眼的绿河无须通行证
河塘被林下阴影墨水般覆盖。注视躯体裸露出的一部分
雨滴反射橙黄色的脸，河水也是

垂柳难以融入镜面，画布上却浮起几层嫩绿褶皱
那时，沟渠侧面野蘑菇尚未裸体，风的火焰席着她的言语
吹过疲倦的树梢，"日落我们再回家。"

月　光

旧屋檐下，母亲哼着歌谣。橘黄的灯光吸附毛玻璃
时间磨碎了床头，芳香四散游走

在以前,明月擅长记忆,普照时不忘将祥和交付村庄
低矮石桥拂着潺潺流水,松柏的针尖,露珠开始凝聚

月光在窗内酣眠,碎星相对沉默
我轻轻拍着母亲的背,她在哄着我

忆　树

于迷失中找寻,扭曲年轮,做称职的解语花
在循环往复的泪水中日渐衰老,黑夜即寂寞
当树木开始陈旧,被遗忘的——是它

爱与被爱,爱都是一个,缓慢的孤寂映在水面上
远山在虚拟中重现,已疲于向秋冬献媚
它在河口,在被雨水淋湿的土坡上诉说着爱意

多少年,以旁观者自居,河边农药瓶已被泥土卷盖
河水在极度下浅,鱼儿的骨骸在浑浊的泥土里令它难以分辨
半掩的深井容得下青蛙蹦跳聒噪,容不下它腐坏后的半面

妆容

"我们什么都没有得到，为什么要谈失去"
雨雾缭绕，吹醒秋日
"我们都是寂寞的灵魂，还会寂寞很久"
"黑白色调里的万物还是要寂寞的，我寂寞过了……"

槐　花

一点熟木味的宁静充斥巷落
洁白的粮食缀满枝头，如雪般飘动

趴在栅栏旁，听着布谷鸟，牢记这份闲适
奶奶蹒跚行过，中午的阳光穿过密匝的树枝
扑在她的面颊，忽明忽暗，如同淡隐的脸谱

孩子相互推搡，老人坐底闲谈，旧梦在花朵中被淹没
斜坡草茵花丛间，若鎏金般闪烁着，处处印象画
芭蕾舞者在徘徊中飘落流水，拥抱土地

伸手剥开自然，手中的花蕊如初甘甜

瞧，五月槐花自己就会落下，像她
不需要催促，就开始变老

送 别

傍晚门前板凳上，累了就坐下，听戏曲解乏
在醉酒后陶然，酒滴顺沿滑落，浸湿烟袋
我们习惯在暖风里等夜晚，等羊群饱腹，等着回家

月球浮动无声响，树影婆娑有律动
你走后，门前的屋子里再没有微弱的光亮
断裂的玉镯在茶叶水里等待着你，我的双手也是

雨还在下，满是杨柳、云杉、银杏叶的触角
点滴寒意沁胸，视野也趋于朦胧
逝去而有留存的数片光影，我的脸容也随之黯淡

土地在夏日怀中入睡，青草上，酒瓶夹杂着白皙光辉
遍眼庄稼，嘴唇上的霞光被风吹得冰凉
再等一会儿，他就会回来，我这样想着

外公早已归于尘土了,短暂的日子过得长久了
一定,我也终归于旧土,同几年前
送去我亲人那般的,送入我自己

梦　中

星光洒满大地,麦浪燃烧,花蛇四散而逃
父亲珍藏多年的物件与墙壁上的砖瓦一同掉落
他在旧木箱中尝到了河流的泪水

与一座座房屋对视,多少受尽倾诉的日夜
桥下石管抱着野草的躯体陷入沉睡,流水淙淙
阁楼上的女人就这样从火把中走出

雨滴草叶般凝聚,在头骨处生根结果。她至今还在等
在众多金黄蝴蝶的梦中,等一匹白马携她孤独重返

在河畔

渐醒,渐如绿草,镜片般的碧空,脚底湿润
有暖阳。梧桐宫殿下,叶子像群臣扈拥而来
携嫩绿旧友,在微醺中学会自然

无数轮弯到极致的边线,系起了河的两岸
我们陈述了故事的悲观,沟通笔下的幸与不幸
把月光放在水波里揉皱,钟摆怀中缠绵着往日

斜坐岸旁,聊现代诗,谈河畔
他说,诗歌是一面影射你我的镜子。野外
花丛葳蕤,晚风掷声响后再难寻觅到的静

我们托举灼热的火把,唤出笛声
将身体作顽石般用力抛出,而后安插于诗页中
他在河水的伴奏下朗诵海子,回到十月,想起泪水

他喜欢在流浪中等待春天,等待一个戒酒的意识

在笔尖成为失业的农民,在吞云吐雾里诉说爱情
我知道,柔水上火光渐淡,这些终将不再来

人间，是咸的（组诗）

◎ 加主布哈

背柴回来的男人

背柴回来的男人路过搬粮食的蚂蚁
此时，黄昏已瘫睡在村庄的身体上
他没有继续赶路，也没蹲下来和它们握手言好

此时，月亮被拴在村西老梨树的一根枯枝上
他没有听到有人举着火把喊他的名字
他突然感到，命运的困顿

人间，是咸的

墙，扶起了影子，暗红色的呼吸
一枚瓦片被踩碎的声音……疼……

这个夜晚不需要意义，值得——
爱情放弃象征，灵魂忘记排练，

人间，是咸的。雪，正忙着埋屋顶。
你点燃我，准备和我在灰烬中含泪相认。

石　磨

那台石磨已经锈得转不动了
现在，它躺在那里，不再发出拙劣的声响
不再磨出女人的叹息和粗劣的粮食
它终于把自己磨成了两块普通的石头

记忆深处,松脂灯下的祖母面容祥和
她推着石磨,石磨推着她,
磨出命运阴险的笑脸。

石磨是祖母的嫁妆,它推着祖母走了几十年
终于把祖母推到耄耋之际,终于
把自己磨成了两块喜欢安静的石头

没有一个出口会放过我

我是这个村落,第一个醒来的人。
其实没有什么事情,值得起早去完成
每个清晨都在假设,给事物排列新答案

牛羊应牧在哪个坡,我们该在哪条路偶遇。
"没有一个出口会放过我。"

这个世界需要更多自在之物,比如我
来拒绝起床,洗漱,吃苦药。
一头牛会主动前来,嗅我身上的哲理

如果我爱的女人不来探望我，

我将永远带着偏见生活，
给不喜欢的事物重新起恶臭的名字。
所以今天，我又一事无成！

客　人

星空的观察者，不应该怀有恶意，
幻想边界挂满羊头，梦在磨牙。
作为真理的客人，是的！一次次
把自己放在破的屋顶，放进旧的怀疑。
在一场陌生的葬礼上流眼泪

给灵魂做的手术，失败！
"哲学家，放过我的头发吧！"

明天，我要做最后一个醒来的人，
用挑剔的味蕾品尝母亲的饭菜。
给所有在田里劳动的父亲，
递端一碗清澈的祝福，并且

不让一个咒词,滤过语言的竹箩筐!

偷马的人

村里的马被偷了
村里的男人打着火把去追偷马的人
沿着泥路却一直找不到马蹄印

第二天,在另一个村落逮捕了偷马的人
原来他给每匹马都穿上了两双雨鞋
为了迷惑追他的人

偷马的人,是村里人
后来他上吊死在一棵核桃树上
从此那棵核桃树结出来的核桃,都是哑的

对 峙

从冬天的草垛上醒来是幸福的

身上盖着羊毛纺的披毯,太阳静静照着。
太阳照着我的时候,很多话差点说出口,
太阳啜饮了词语,我的脊骨连连脆响
起身把外套甩搭在肩上走,左手放进裤兜里
漫无目的,也是幸福的事

从傍晚的白色床单上醒来,错过晚餐
错过和一个人重修于好的最好时机
枕靠在冷漠的水泥墙上发呆,不开灯
有点孤单,有点失落,有点想回家

自净者的谎话——连篇

1

在灵魂高地,我拿起犁
时间之鞭就策在一头犏牛身上
让人忘记衰老

2

一条倒流的河,被我喝干

一只迷恋阳光的老狗,躺在松针堆上
一个男孩怀揣火种,守卫柴
一头山羊在跨越藤条的时候,坠崖

一个人等于一匹马
一匹马等于一坛酒
木古宜莫村昨夜有人醉死

3

我模仿牛吃草,也学神说话
一只乌鸦在牛身上寻觅虱子
一只耳朵在我身上聆听噩耗

同志们
好人的葬礼上我们结伴流泪
坏人的葬礼上我们也要流泪

4

圆根萝卜倒挂在屋檐下
阳光和影子的博弈,让人头疼
一只鸟被咒死在公路上

额尼乡政府门口

一群衣装素淡的彝族男人围着酒,席地而坐
他们声音洪亮,从不窃窃私语

5

牧羊老人的披毡裹着粪香
在他的吆喝声中,我们赶到山顶
一个叫尔吉火普的地方

眼睛吸尘,伤口通风
两匹马在原野上拼命交配

6

一头猪的耳朵有多大
它的天空就有多小

走了一百六十公里路
最后从嘎嘎洛坡的树林出来

我和远方的姻亲关系
在夕阳的见证下,缓缓落幕

后　记

　　本书所辑诗歌均选自全国大学生樱花诗歌邀请赛第 30~37 届获奖作品，当初获奖的年轻诗人们有的已经在诗坛上闯出一片天地，有的虽声名不显，依旧在沉潜、蛰伏，但也不可小觑。在高校文学社团诗歌氛围的熏陶下，他们基本接受过专业的诗歌技艺训练，再加上良好的文化人文素养，积极的自我提升意识，使他们刚开始写作就站在一个较高的起点上，十年二十年之后，也许他们就是未来中国诗坛的中坚力量，这本《青春，每一片炽热的火焰——樱花诗赛获奖作品集》既是近年来大学生诗歌写作的一个优秀样本，也是未来研究 21 世纪一二十年代诗歌潮流演变的重要参照。因年份跨度较大，未能与各位作者一一取得联系，如有不妥，或有合适的建议，请联系全国大学生樱花诗歌邀请赛组委会。另外，感谢共青团湖北省委、湖北省学生联合会、中国作家出版集团多年来对樱花诗赛的关注和支持，感谢武汉大学团委黄鑫老师、韩琦老师的关心和帮助，感谢"珞珈诗派"诗人们的指导和帮助，感谢历届樱花诗赛评委的辛苦付出，感谢各个高校文学社团和青年诗人们的信任和参与，感谢武汉大学学生社团指导中心和浪淘石文学社的精心组织，感谢社会各界的支持和帮助，使《青春，每一片炽热的火焰——樱花诗赛获奖作品集》得以付梓。

编 者

二〇二〇年十月